ハヤカワ文庫 SF
〈SF2104〉

ゴッド・ガン

バリントン・J・ベイリー
大森 望・中村 融訳

早川書房
7875

THE GOD-GUN AND OTHER STORIES

by

Barrington J. Bayley

Translated by

Nozomi Ohmori & Toru Nakamura

First published 2016 in Japan by

HAYAKAWA PUBLISHING, INC.

This book is published in Japan by

direct arrangement with

NEW WORLDS AUTHORS.

目次

ゴッド・ガン

ゴッド・ガン
The God-Gun

大森 望◎訳

わが友人のロドリック（綴りはRodrick）が世界の究極の悪をなす犯人となるなど、到底ありそうにないことだと思うかもしれない。日々の行いに咎めるべき点がないとは言わないが、その点は平均的な人間と変わらないし、悪逆非道の性向を示すような徴候はまったくない。とはいえ、思想的に見るとロドリックの堕落は底なしに深く、ついにはそれが究極の罪へとつながった。彼が犯した罪はあまりに深すぎて、神罰さえ届かないほどだった（と彼は主張しているし、ただひとりの親友として、ぼくは彼を信じている）。

いまから物語る出来事が起きたのは、今世紀の最後の四分の一に属する、ある夏の夜のことだった。ぼくがその行いの生き証人となれたのは、まさにロドリックの虚栄心の賜物だ。それともうひとつ、彼とふたりでこの街のさまざまなバーにくりだして酒を酌み交わす習慣のおかげでもある。おそらくロドリックにとっては、それが唯一の社交的な活動なんじゃないかと思う。ぼくにとっては、この小さな街では得がたい刺激的な会話を提供してくれる貴重な機会だ。夜が更けるとともにあちこちに飛ぶ議論のテーマは、素粒子物理学、有機化学、冶金学、魔術、磁気学、地球外生物学、宇宙論、比較宗教学、系統分類学、コンピュータ・デザイン、および人間のタイプの適切な分類法など多岐にわたる。しかし、いつもながら、論戦と呼ぶにはいささか一方的なものになる。というのも、知力ではロドリックに及びもつかないからだ。彼はいつも、ぼくのはるか先を行っているし、ぼくはいつも、人類の知る事実や思想すべてを記憶している師から教えを受ける生徒の役。

ロドリックとのつきあいは長く、もう十五年近くになる。ぼくらはともに味気ない毎日を送っている。ぼくは会計係として、ロドリックは（いかにも彼らしい才能の浪費だが）地元テレビ工場に勤める設計技師として。両者ともに、さしずめ知的ディレッタントというところか。しかし、ぼくがまったくの素人なのに対し、ロドリックは玄人はだしの貪欲な学者であり、それに加えて正真正銘の発明家でもある。彼の研究はおそろしく守備範囲が広く、たとえば物理科学の最先端に通暁しているばかりか、あらゆる哲学体系、神秘主義体系についても可能なかぎり念入りに渉猟している。ブラックホールではないかとされる最新のX線観測結果について、知られざるカバラの文献を引き合いに出して論評することができるし、それと反対に、ぼくが聞いたこともない古代の形而上学的学説に反駁するため、宇宙マイクロ波背景放射の発見を引き合いに出すこともありうる。

しかし、その精神活動の領域の広さにもかかわらず、ロドリックを天才と呼ぶのはおそらく誤りだろう。天才というのは、ふつう、知性のみならず、感情も豊かなものだ。ところがロドリックの場合、たんに感情が不足しているのではなく、完全に欠落している。情緒面だけをとりだせば、欠陥人間だと言ってもいい。もうすっかりおなじみになった、傲岸な乾いた声、勝ち誇ったきつい笑み、ひっきりなしにまばたきする目——彼の精神の特徴をあらわすこうしたしるしは、もしかしたら、われわれの時代の一面かもしれない。ロドリックは、純粋に知的な性質のもの以外にはまったく関心を持たない。彼が崇拝してやまないのは、問題を解決する知性であり、不可能を可能にする発想の鮮やかさ、巧みさ、容易さなのである。患者の命を救う新たな術式の外科手術を編み出す必要性とか、核融合を制御して人類に無限のエネルギーをもたらすという興味深くも厄介な問題は、彼にとって、完全犯罪をいかになしとげるか、もしくはひとつの国家をいかにして殲滅するかという問題とまったく変わらない。

目的の善悪を問題にしない、手段に対するこの躁病的なオブセッションは、それ以外の面ではきわめて優秀なロドリックという人物の性格の中でも、際だって浅薄な特徴となっている。それは、彼の研究から実際に生み出される成果がかくも乏しいことの一因かもしれない。ロドリックが考案した無線技術のちょっとした改良は商業的にはものにならなかったし、自宅の最上階に設備の整った研究室を構えているにもかかわらず、彼の個人的な発明のほとんどは、実地に応用される率がきわめて低く、コストはおよそ見合っていない。そこそこにでも役立つ唯一の発明は、ロドリックが自宅に置いている掃除用の自動人形たちだろう。彼らは床に描かれた白線に沿って自力で移動し、専用のガイドレールを利用して階段や壁も昇降する。ただし、通り道が決まっているため、埃やごみがまったく掃除されないまま放置された箇所があちこちに残る。それに、こうした掃除ロボットにしても、あまりに複雑かつ不器用かつ高価すぎて、商品化は不可能だ。

近年、ロドリックは、レーザー技術に入れ込んでいる。問題の夜、彼が最初に持ち出したのもその話題だった。最近買い込んだ非常に強力なレーザー多数を使って組み立てていた〝ユニークな装置〟がやっと完成した、とロドリックはいった。装置の用途をたずねると、彼は話をそらし、電磁放射の不可解な特性について講釈しはじめた。すなわち、真空中の電磁波の速度は不変であり、観測者の速度には影響されないとか、電磁波は宇宙のあらゆる場所で、エネルギーを伝送する媒体としての役割を果たせるとか。レーザー光は、位相の揃ったコヒーレントな振動を持つため、じゅうぶん精密に調整することさえできれば、それを使って固体を（彼の言によれば）〝原子にまで〟分解することができる。

ぼくたちは白熊亭で飲んでいた。シェードつきのランプで照明された静かな店だ。ロドリックはとつぜん長広舌を中断すると、ぼくのほうを向き、神の実在を信じるかとやぶから棒にたずねた。

その質問には驚いた。「いままで考えてきたかぎりでは、信じないね」

「おれはたっぷり考えてきた」とロドリックは快活にいった。「そして、神はたしかに実在すると確信した。この宇宙は、天地創造の結果なんだ。言い換えれば、われわれには創造主がいる」

ロドリックがこんなふうにしゃべるとは驚きだった。ぼくらはふたりとも、一貫して唯物論的なものの見方をしてきたし、前述のとおりロドリックは神秘主義の教義にも通じていたけれど、そういう方面にまで関心を抱くのは彼が完全主義者たるゆえんだろうと思っていたのである。ぼくにとって、神という概念をまじめに受けとること、宗教を是認することは、迷信や不合理、ロドリックが〝動物的盲信〟と呼ぶものの同類だった。信仰が人間に求める謙虚さをロドリックが学びうるとも思えないし、彼の不遜《ヒューブリス》の鎧にも弱点があったのかと考えると、ちょっと悲しい気持ちになった。

だが、ロドリックの次の言葉を聞いてほっとした。

「そして、もし神が実在するなら、次の問題は、どうすれば神と接触し、影響をおよぼし、強制し、さらには傷つけることができるかということだ」

「不可能だよ」とぼくは答えた。「その点については、信者の考えは一致している。神は測りがたく、人間の理解を超越している」

ロドリックはじっとぼくを見つめている。その顔に浮かぶ、いつものきつい笑みは、彼がこの話題をどこかに導くつもりでいることを示していた。

「彼らはまちがっている」とロドリックはきっぱりいった。「いまきみが引用したのは、崇拝者のくだらぬ迷信、創造主に媚びへつらう奴隷根性でしかない。要はこういうことだ。これまでに読んできた天地創造に関する説明は、神学的なものであれ、形而上学的なものであれ、どれもこれも、創造主と被創造物とのあいだになんらかのつながりを認めている。宇宙が物理的なものである以上、このつながりもまた、物理的な性質のものであることになる」

ラム&コークをひと口すってから、ロドリックは話を続けた。

「話の行き先がわかるか？　つまり、神は物質の性質のいくぶんかを共有しているということだよ。われわれが物質だというのとおなじ意味で物質だとは限らないにしても——もっとも、ある宗派、たとえばモルモン教は、神が物質だと説いているがね——神はなんらかの物理的な性質を持っているはずだということになる。おそらくは物理的に空間を占めることのない実質か、もしくはそうした実質さえ持たない存在かもしれないが、いずれにせよ、なにかではある。でなければ、物理的な宇宙を創造することなどできなかったはずだからな」

ロドリックはぼくに指をつきつけ、

「そして、きみも知ってのとおり、純粋に一方通行の物理学的な創造などというものはない。もし神がわれわれを創造できたのなら、われわれが神にやり返すなんらかの方法があるはずだ。神を殺すことさえできるだろう」

ぼくは鼻を鳴らした。「ばかばかしい！」

ロドリックは、それに応えて、お得意の（ぼくにとってはむかつく）芝居がかった行動をとった。ひとことも言わず唐突に立ち上がり、ぼくがついてくるのが当然と思っているように、店の戸口に向かってすたすた歩き出したのである。やっと追いついたときは、すでに通りの数ヤード先まで行っていた。ぼくは、いささかむっとした口調で、どこへ行くのかとたずねた。

「神を殺しに」とロドリックはあくまで言い張った。

ロドリックの歩調はいささかも乱れることがなく、弱腰のぼくは、おとなしく彼と並んで歩き出した。

その夜の特定の印象がいくつか記憶に焼きついている。あたたかな気候、空に残照をとどめる日没。黒いかたまりのように浮かぶ、ロドリックの木骨造りの自宅。彼の痩せた顔は、シェードのついた古風なオイルランプの明かりに照らされ、狼のように見えた。ぼくらは二階へとつづく階段を昇った。ロドリックの掃除ロボットの一体が、ガイドレールから落下したらしく、タイルの床にぶつかって壊れたまま転がっていた。兄弟ロボットたちはそれを無視して、低いうなりを発しながら不器用に仕事をしていた。

ロドリックは短い距離を歩くあいだも、たえず説明をつづけていた。

「つまり、われわれの時空は、いかなる点においても、この天地創造の原理と通じているはずだ。そしてこの原理は、造物主からダイレクトに発しているはずだ。その原理を見出し、それをコントロールするすべを学べば、神に影響を与えられる武器を手に入れたことになるし、その武器は、創造されたこの天地のどの場所からでも神を狙うことができる」

「本気で言ってるのか？」

「もちろん」

ジョークで担ごうとしているのか、でなければパラノイアだと思ったが、それでもこう質問した。

「もし神を破壊したら、宇宙が消滅するんじゃないか？」

「おやおや、お里が知れたな。汎神論者か！」ロドリックはそっけなく言った。「それはウパニシャッド哲学の考えかただ。この宇宙は、ブラーフマンもしくは神のひとつの様相であり、神と区別することはできないというやつ。だがおれは、もっとあっさりした、キリスト教の考えかたのほうが正しいと思っている。すなわち、宇宙は神とは別物であり、意図的に生み出されたものであって、だから独立して存在することができる」

ロドリックはあたりに手を振って、

「こういう建物が、それを建てた人間の死後も存続するのとおなじことだ」

研究室に入り、ぼくが周囲を見まわしているあいだに、ロドリックは照明のスイッチを入れた。中央の作業台の上に、精巧な骨組が造られていた。いくつものレーザー――おそらくロドリックがさっき話していた、最近買い込んだというやつだろう――がその中に組み込まれ、周到に計算されたパターンにしたがって配置されているように見えた。骨組のあちこちには、妙ちきりんな樹に生る果実のように、鏡やレンズやプリズムがとりつけられていた。

窓の向こうには、はてしなく恐ろしい深淵が広がっているような気がした。研究室の中は、ひどく不吉な雰囲気だった。木材の梁や、埃のかたまり（家事ロボットはこの部屋への立ち入りが許されていない）。二十世紀の科学者の研究室というより、中世の錬金術師の実験室のようだ。もちろん機材は現代のものだが、薄暗いランプのせいであちこちに黒々とした闇がわだかまっている。照明にもっと気を遣えばいいのにと思いながら、ぼくはいった。

「わかったよ。百歩譲って、たしかに神が存在し、神に近づけるかもしれない物理的な原理が存在するとしよう。じゃあ、いったいどうやってその原理のありかを突き止めるつもりなんだ？」

「じつのところ、きわめて簡単な話だ」ロドリックはおだやかな口調でいった。「その情報は、すくなくとも三千年前から知られている。創世記第一章第三節にいわく、『神、光あれと言たまひければ光ありき』。言わせてもらえば、これを書いた人間は、じつに驚くべき洞察力の持ち主だね」

ロドリックは作業台の向こう側にまわり、あらゆる角度からレーザーを調べ、デジタル式のマイクロメーターで装置の配置をチェックしはじめた。作業のあいだも、落ち着いた口調の独白がたえまなくつづいた。

「考えてみれば、明々白々だ。神が物質を創造するために——時間と空間を展開するために——使った道具は、光だった。だからこそ、光はかくも特異な性質を持っている。光の速度が——マイケルソンとモーリーの予想とは反対に——あらゆる観測者に対して一定であること、そしてまた、光があらゆるエネルギー変換の基盤になることも、それが理由だ。とはいえ、われわれの目的にとって、宇宙のどこまでもはてしなく突き進んでゆくだけのふつうの光は望ましくない。われわれに必要なのは、言うなれば方向を逆転しうる光——つまり、ついには内破するほど強くなり、閾値を突破して、天地創造以前の状態にもどれるような光だ。ここでわれわれは、きわめて興味深い事実に突き当たる。すなわち、光の速度はあらゆる観測者に対して一定だが、あらゆる媒体に対しても一定であるわけではないという事実だ。物質環境の中では、光の速度は低下する。たとえばダイヤモンドの中では、光の速度は、わずか秒速十二万キロメートル——真空中の速度の五分の二にしかならない。ここで考えてみよう。では、完全に光だけから成る媒質の中で、光はどんな速度を出すだろうか。答えはゼロ。速度を測るものさしになるものが自分自身しかない以上、光は速度を持たない」

ロドリックは一台のオシロスコープのスイッチを入れた。

「さて、次のステップは、この特別な環境を用意することだ。純粋な光だけの媒質。コヒーレントな光が無限に反射しつづけるパターンをつくりだすことは可能なはずだと推論した。このようにして果てしなく強化されつづけた光は、やがて時空のバリアを超える。この点に関して、カバラに代表されるような、ある神秘主義の図式を利用したことは認めよう。カバラはたまたま、存在を〝無限の光〟の発散によって生じたものと定義している。スーフィズムの古いシンボルであるエニアグラムは、それ以上に有益だったよ。カバラに欠けているサイバネティックな性質を有しているからね。いずれにせよ、すべての問題は本質的に解決した。それが誕生した源へとまっすぐもどってゆくことのできる光が、いまここにある。きわめて特殊な、きわめて濃密な光だ。この形容詞が不適切だと思うかい？　もちろん、われわれにとっては、光はきわめて物質性に乏しい。だが、神にとっては、光は堅く、触知できるものであるはずだ。けっきょく、神は光を使って、他の森羅万象をつくりだしたんだからな。しかも、それについて言えば、自然の光がわれわれにとって希薄に見えるのは、ただたんに、光がたえず拡散しているからにすぎない。二百五十万気圧におよぶ光圧を得られるレーザーがあるのを知っているか？　光線銃はすでに実現しているんだよ」

熱のこもった講義を終え、装置の調整を済ませると、ロドリックは背すじをのばし、勝ち誇ったようにこちらを見つめた。

「計算が正しければ、この装置がつくりだす放射線の棒は、鍛えられた鋼鉄の矢のように神を打ち抜く。いまここにある装置も、一種の光線銃だよ、ハリー。究極の銃だ！」

ささやかな夢想にふけるロドリックに調子を合わせてやるだけのつもりで、ぼくはたずねた。

「でも、どうしてそんなことを望む？」

ロドリックの唇が歪んだ。

「いままで一度もなされたことがないから？　いや、それは冗談。たぶん、人間の態度に見え隠れする神への卑屈な阿諛追従《あゆついしょう》に終止符を打つためかな。宇宙はみずからの道を歩むべきだ。独立すべきなんだよ。父親めいた存在から自由になったとわかれば、気分がよくなる。知ってのとおり、おれは本質的に、徹底した無神論者だからね」

ロドリックは快活にそういった。しかしとつぜん皮肉っぽい表情になると、口調をがらりと変えて、ぼくを当惑させた。

「いや、ほんとうの理由を教えよう」と早口でいう。「おれに言わせれば、神は、この世の善性の源にはほど遠いからだ。生きることは卑しい営みだ。苦痛と挫折、失望と悲惨に満ちている。だれかがなにかを達成できる可能性がどれほどある？　まわりを見てみるがいい——癌で死んでゆく子供たち……なにもかも悪くなってゆく……つまりこういうことだ。この世界は、ミッキー・マウスの腕時計みたいに組み立てられている！　安っぽい、いいかげんなやっつけ仕事だ！　神は当然の報いを受けるんだ！」

この爆発は青天の霹靂《へきれき》だった。長年のつきあいで彼がはじめて見せた感情の片鱗——この世のありように倫理的な怒りを感じていること、ロドリックの精神が情緒レベルでもたしかに活動していることを示す、はじめてのしるしだった。彼はゴーグルをこちらに突き出し、かけろといった。言われたとおりにすると、ロドリックがマシンのスイッチを入れ、レーザーの投射がはじまった。

装置が投射する複雑なパターンは遮光ゴーグルごしに見ても眩しかった。光線ははてしない折り返しをなぞりつづけ、光の迷路がますます明るくなってゆく。光を屈折・反射させる鏡やプリズム群を、拡大する輝きがゆっくりと呑み込んでゆくように見えた。しばらくのあいだ、はるか彼方の星雲を写した天文写真のように、すべてがぼんやりかすんだようになった。やがてそれがしだいにくっきりして、光が凝縮したように見えたが、とうとう眩しすぎて見ていられなくなり、顔をそむけた。

もういちど目をやったとき、装置は死んでいた。あとになってロドリックに聞いたところでは、ヒューズが飛んだのだそうだ。しかしこのときの彼は、ただたんにゴーグルをむしりとり、平板なしゃがれ声でこういった。

「終わった。神は死んだ」

ぼくは笑った。ただし、熱のない、乾いた笑い声だった。「いやはや、ロドリック、なんとばかばかしい話だ」と言いながら、ぼくはゴーグルをはずした。そのとき、生気のないどんよりしたロドリックの目を見て、まちがっていたのが自分のほうだったことをさとった。

違いを感じたのは、ロドリックについてだけではない。自分自身を含め、あらゆるもの、あらゆる人間が前とは違っている。最近の会話は機械的で反復が多く、だれかの瞳を覗き込めば、その内側に命の火が燃えていないことがわかる。もちろん、生活は曲がりなりにもつづいている。宇宙の歯車は回りつづけている。しかし、昼も夜も、そこには空白が、退屈なうつろさがある。日没があり、夜明けがあり、月の満ち欠けも季節の移り変わりもあるけれど、かつてそれらを通して輝いていた偉大なるものが消え失せたいま、そこには生命が吹き込まれていない。

結局のところ、生前の神は、いったいなにを供給していたのか？　神は、美と、意味と、神秘を供給し、それによって物理世界に命を吹き込んでいた。〝創造のみわざはいまもつづいている〟という言葉で神学者が言おうとしていたのは、たぶんそういうことだったのだろう。しかしいま、それは去った。いまはもう、美もなく、内なる生もない。色彩さえも、平板で味気ないものになってしまった。

だから、ぼくはこう述べることができる。七月のある午後、英国の小さな街でサタンの叛乱が成功し、神が死んだのだと。じつのところ神は、たいして全能というわけでもなかったわけだ。それが真実かどうかたしかめてくれとだれかに頼むつもりはないし、もちろん、大多数の人間は、この出来事に気づきもしないまま生きていくだろう。ロドリックはと言えば、その気の抜けた話しぶりや、死んだ魚のような目、募るばかりの無気力に、ぼくはもううんざりしている。まだときどき彼と会っては、惰性のような会話をつづけているけれど、いまのロドリックは、以前の彼ならけっして自分に許さなかったようなやりかたでおなじ話をつづけている。たいていは、ただそこに座って、「神は死んだ。神は死んだ。われわれは自由だ」とオウムのようにくりかえすだけ。彼の口からなにひとつ独創的なことを聞かなくなって、もうずいぶんになる。

大きな音
The Big Sound

大森 望◎訳

これは、ギャドマンその人ではなく、彼が生み出したオーケストラについての物語である。

というのも、ギャドマンはある意味で、自分がつくりだしたものの道具でしかなかったからだ。アンドロメダ人科学者の計器に記録されたのはギャドマンではなく、ギャドマンの超越的な音楽にほかならない。

齢《よわい》五十歳にしてギャドマンが思いついたアイデアは、彼がこの世に生をうけて以来、自分でも知らないあいだに頭の中ですこしずつ発展してきたものではないか、とわたしは思う。大きなものにはすぐとびつくのがギャドマンの習性だった。一度、ギャドマンが、大きく引き伸ばした月の写真を、まるまる三十分もじっと見つめている現場に出くわしたことがある。彼は、月の大きさをなんとか把握しようとしていた。

「でかい」と、そのときギャドマンはいった。「でかい」

「いま足の下にある、この地球もね」と、わたしはいった。

ギャドマンは、はっとしたようにわたしの顔を見た。その考え方が、彼にとって目新しいものだったのか、あるいは彼のアイデアを補強する役に立つものだったのか、わたしにはわからない。

「たしかに」と、ギャドマンはうなずいた。「たしかに」

三十歳のとき、ギャドマンはいきなりやってきて、こうたずねた。

「宇宙でいちばん大きい音はなんだ？」

わたしには、あまり意味のない質問に思えた。

「鼓膜が破れないですむ、ぎりぎりの大きさがあるんじゃないかな」

相手の顔に浮かんだ驚きの表情で、ギャドマンがそのことを一度も考えていなかったことがわかった。困り果てた顔で、しばらく物思いにふけっていたが、やがて、苦しげに首を振り、

「ちがう」と結論をくだした。「まちがっているはずだ」

「でも、どうして？」

ギャドマンはもどかしげな身振りをした。議論は苦手なのだ。

「宇宙に空気はない。耳にはなにも聞こえない」

「宇宙に音はないんだよ」とわたし。

　こんどは、ばかなことを、というような目でこちらを見て、

「なんだって？　だが、音楽は音だぞ！」

「宇宙に音楽はない」

「ばかいえ。真空に音楽がない？　月面にメロディはないだって？」ギャドマンは、問題外だというふうに手を振った。「そんなはずはない」

　ギャドマンと出会ったことで、わたしははじめて、哲学の世界では本能が正しいのだということを知った。

　ギャドマンの人づきあいは、おざなりなものだった。若いころでさえ、老人のように見えたし、女に目の色を変えるところなど見たこともない。わたしの知人の中で、ギャドマンは友だちをつくることにまったく価値を認めない唯一の人間だった。しかもギャドマンには、その埋め合わせになるものがなにひとつなかった。たしかに、天才的といってもいいほどの作曲家ではあったけれど、ギャドマンが自分の作品を、多大な犠牲を払うだけの重要性があるものだと考えていなかったことはまちがいない。ある意味で、彼は一身を捧げていた——しかし、彼が一身を捧げているものは、このときにはまだあらわれていなか

ったのだ。その対象がなんであろうと、ギャドマンにとっては問題ではなかった。ギャドマンは、いつでもそれにとびつく準備をととのえていた。

だから、ギャドマンはがらんどうの人間だった。世界最高のものにも心を動かされず、かといってそれ以上のものを知っているわけでもなかった。

しかし、ギャドマンには趣味があった。巨大主義。けっきょく、ギャドマンは、音楽的巨大主義を専門にすることになる。

ギャドマンの歩みは、遅々としたものだった。わたしがはじめて目撃した進歩の証拠は、知り合ってから二十五年後に、彼が自宅で開いたパーティだった。パーティを開くなど、およそギャドマンらしくない。なんの理由もないパーティのようだったし、もちろんギャドマンは、客どうしを紹介する労などとらなかった。もっとも、余興は用意されていた。パーティ会場から離れた一室で、ひとりのチェロ奏者《チエリスト》が、ギャドマンの曲を、ヴォリュームを上げた大出力のアンプにつなげて演奏したのだ。

その部屋で、わたしはようやくギャドマンをさがしあてた。騒音はすさまじく、耐えられないほど。チェロはたえまなく咆哮しつづけ、ヨナを飲みこんだクジラさながら、すべてを飲みつくした。まるで、音の洪水の中で溺れかけているような気分だった。

わたしはギャドマンに向かってなにか叫んだが、自分の声さえ聞こえなかった。叫びおえたとたん、チェロの音がふっつりとだえた。

「どうしてそんな大声で叫ぶのかわからんよ」ギャドマンの不快げな声が、不意の静寂の中に響いた。

その一件で、「きみの声ならはっきり聞こえたのに」ギャドマンは音と音を聞き分ける超人的な能力があることがわかった。はてしない騒音の海の中の、小さな音色ひとつをとりだすことができる。ギャドマンなら、どんな楽器のどんな音符の和音でも倍音でも聞き分けられるだろう。あるかなしかのかすかな音でさえ、はっきり聞くことができる。

そもそも音とはいえないような音さえも、聞くことができる。

パーティが終わると、わたしとギャドマンは、彼の家がある聖ヨハネの森の遊歩道を散歩した。あたたかな夜で、風のそよぎと、ときおり遠くから響いてくるエンジンのうなりをべつにすれば、しんと静まりかえっていた。そのとき、ギャドマンが立ち止まった。

「聞こえないか？」とギャドマンはいった。

「なにが？」

「ロンドンさ」

わたしは耳をそばだてたが、もとより聞こえるとは思っていなかった。ロンドンは眠りについている。そうでないものがあるとすれば、道路を走る車の響きくらいだろう。やはり、なにも聞こえなかった。

「頭の中で聞こえるだけだろ」とわたし。

「それがどうした？　中だろうと外だろうと、おなじことじゃないか。ロンドンはひとつの有機体なんだ。ロンドンはひとつの曲だよ、スケールが大きすぎて気づかないだけで。でも、耳をすましてみるだけでいい」

　これには答えの返しようがなかった。そのあとも、わたしたちふたりはしばらく散策をつづけた。やがてギャドマンはまた口を開き、パーティでのチェロ演奏を話題にした。「アンプで増幅するだけじゃだめだ」とギャドマンはいった。「増幅は増幅で、それ以上のものではない。小を大にすることはできないんだ。大からはじめるしかない」

　それから二、三年して、ギャドマンはプロジェクトに着手した。

　アイデアそのものは、最初、さほど目新しいものとは思えなかった。大編成のオーケストラを実験した作曲家なら、これまでにも何人かいる。ベルリオーズは、オーケストラの理想的構成人数を、六百人とした。マーラーのスコアの中には、まるまる一千人の奏者を必要とするものがあるし、ワグナーの音楽は、費用がかかりすぎるため、おおむね完全な形で演奏されることはない。しかし、ギャドマンはそうした先例には満足しなかった。

「おそまつなものだ」とギャドマンはいった。「混沌。ばらばら。成功しているとはいいがたいな」

　いつも真剣に耳をかたむけはしたが、毎度のように首を振るばかり。一度だけ、とあるスイング・バンドの曲のクリーンな音を誉めたことがある。たしか、「デシベルの山」という曲だったと思う。しかし、これは例外中の例外だった。

ギャドマンは、いきなり頂点をきわめる交響曲をつくろうと決意した。彼が編成したのは、六千人からなるオーケストラ。それから、作品の下稽古にとりかかった。

第一の壁は、正確さだった。楽器の数がここまで多くなると、統一のない、ぼんやりした騒音のかたまりになってしまう。たしかにとほうもなく巨大な音ではあるにしても、ギャドマンの意図するところとはちがうものになる。それを修正していくのは、時間と根気のいる仕事だった。

ギャドマンは、巨大なパートのそれぞれを、そのパートの中で音が合うように訓練した。最終的には、それぞれのパートがひとつの巨大な楽器のように、クリアでまとまった音を出すようになった。それは、たんなる増幅ではなかった。超音響だった。

五年間にわたってオーケストラのリハーサルを重ねたすえ、ギャドマンはついに、演奏の準備がととのったと判断した。ある晩、ギャドマンはわたしの家をたずねてきた。

「わたしの交響曲を聴きにきてくれないか」

「いいとも。場所は？」

「ソールズベリー平野だ」

わたしは笑って、

「またずいぶん遠いんだな」

「場所がいいんだよ。まわりにはなにもない。広々している。そこに野外スタジアムをつくらせた」

「料金は?」好奇心にかられて、わたしはたずねた。

「中にははいれないんだよ。オーケストラのスペースだけでいっぱいでね。しかし、外からでもちゃんと聞こえる」

その言葉を疑いはしなかった。

「どうやって資金を調達したんだ?」と、わたしはうさんくさげにたずねた。「そんな金持ちだとは知らなかったな」

ギャドマンは肩をすくめて、

「熱意さえあれば、金など障害にはならない」

オーケストラがとほうもない結末を迎えるまで、この話題に関してギャドマンから聞き出せたのはそれでぜんぶだった。ギャドマンは、無理やりしゃべらせることのできる男ではない。

そんなわけで、わたしはオーケストラ現場を訪れた。到着したのは演奏がはじまるわずか三十分前のことで、スタジアムから半マイルばかりはなれたところに腰を下ろし、双眼鏡をのぞいた。

　オーケストラは、火山の噴火口のような形で、平原に配置されていた。奏者たちは黙りこくって、真剣な面持ちで席についている。はじまりを待つ彼らの上に、陽光がさんさんと降りそそいでいた。

　団員たちの一糸乱れぬいかめしい態度を見たわたしは、よく訓練されていると感心したものだ。しかし、あとになって、その感想がどれほど過小評価であったかを思い知らされることになる。

　聴衆の数はさほど多くなかった。じつをいうと、招待されたのはわたしひとり。三、四台、車が停まっていたが、たぶん、きょうがその日だということを運よく嗅ぎあてた新聞記者だろう。彼らがどう思ったかはわからない。翌日の新聞に出た論評は、あまりぱっとしなかった。

　しかし、ギャドマンの音楽は驚くべきものだった。

　まず第一に、室内交響楽のように統制がとれていた。が、さらに重要なのは、オーケストラが生み出す音が、通常の音楽の限度を越えるほどの容量を持つということだった。それこそは超音響、超音楽だった。その巨大な音楽を聞くことは、まさしく超越的な体験だった。耳が聞くことのできる範囲を越えた大きさだったから、それを理解できるのは心だけだった。

はじまって二、三分で、わたしはギャドマンについて、これまでの長いつきあいで知った以上のことを学んでいた。ギャドマンのめざしているものが、そのときわかった。さまざまな意味を背負ったその音は、巨大さのあまり、実体を持つひとつの風景とさえなってしまった。それは、山脈や大洋にも匹敵するものだった。雷雨や川をはるかにしのぐもの。はるかにどっしりとしたものだった。

なにか新しいものが、地球の地理につけくわえられたのだ。

音楽は、わずか三十分で終わった。音楽がとだえたあと、風景にはぽっかり空虚な穴があいた。わたしはすわったまま、そのうつろな穴を見つめていた。

思いがけないことが起きたのはそのときだった。一瞬わたしは、交響曲はまだ終わったわけじゃなかったんだ、と思った。かすかな音楽が、スタジアム上空の空気を振動させている。共鳴のような、あるいは、かつて音楽だったものの亡霊のような音――しかし、ある奇妙な性質を備えていて、そのために聞き違えようのない音楽。

双眼鏡をとりあげて、わたしはオーケストラをのぞいてみた。奏者たちは、青白い顔で身じろぎひとつせずにすわっている。楽器に触れている者はだれひとりいない。

それにもかかわらず、音楽はつづいた。つかのまではあっても現実に、巨大な音に対する倍音の答えのように。楽器はひとりでに鳴ったのだ。

双眼鏡を動かして、なにか手がかりはないかとギャドマンの顔を見つめた。重厚な顔立ちはまったくの無表情で、腕はだらんと下に降りたまま。ギャドマンの顔から気持ちを推し量るくらいなら、レンガの壁の表情でも読むほうがましというものだ。

二、三分で、それは終わった。ギャドマンの意図しなかった意味がつけくわわり、沈黙が降りた。奏者たちは、あいかわらず席についている。しかし、見えるところに停まっていた車は、エンジンをかけて走り去った。わたしも、それにつづいた。

その夜、奏者たちが利用するバーのひとつでギャドマンと合流した。ギャドマンは、オーケストラの団員たちを住まわせるために、まるまるひとつ、プレハブの町をつくりあげていた。ゆうにひと財産かかったはずだ。毎日とどく食料と飲み物の配達人をべつにすれば、よそ者はひとりもいない。訪問客は招待も歓迎もされないのだ。

唯一の例外がこのわたし。中にはいってみると、バーの雰囲気は、おちついてはいるものの、張りつめていた。パブにつきものの喧騒はなく、つぶやくような低いおしゃべりだけ。とりたてて厳粛な空気というわけではないが、どの客にも磨きぬかれた正確さが備わっているようだ。どこか異様な感じがする。

ひとつには、奏者たちが、警戒厳重な政府関係の研究施設で長期にわたって働いてきた人々のような顔つきをしていたせいもある。閉ざされている、専門的な仕事に一身をささげ、何年も禁欲的な生活を送ってきた人々。

共通点はまだある。彼らは、重大な秘密を知っている人間の顔をしていた。ギャドマンはカウンターにもたれて立っていた。だれもギャドマンに話しかけようとはしない。それどころか、ギャドマンを避けているようにさえ見えた。ギャドマンのことを恐れているのか、それともギャドマンが、彼らの社会を無価値なものと考えているのを知っているからだろうか。

わたしの姿をみとめると、ギャドマンはすぐに手招きし、一杯おごってくれた。

「ギャドマン」と、わたしはいった。「あの、最後の音楽——静かなやつだ——あれも譜面にあったのか?」

「譜面にあったとしても、筋肉ひとつ動かさずに演奏することはできない」

「じゃあいったい……?」

「きみはどう思う?」

会話の先をつづけようとしたとき、バーにはいってきた人影で、注意がそらされた。その顔に、わたしは軽いショックを受けた。ここに着いてからはじめて目にする女性だったのだ。彼女は、だれかをさがすようにバーの中を見まわし、それから、まっすぐわたしたちのところにやってきた。

「ギャドマンさんですか？」

ギャドマンはうなずいた。

「わたしはチェリストです。あなたのオーケストラに入れてください」

ギャドマンはそくざに首を振った。

「オーケストラは男の仕事だ」

「でも、わたしは優秀なチェリストです」と、女はがんこにいいはった。「どんな男にだって負けません」

「それでも、女であることにかわりはない」とギャドマン。「許可できないね」

そのあいだに、わたしは女の容姿をじっくりながめた。歳のころは三十前後、中背で、やせている。鋭い視線。その顔は、表情を抑えていた。それでも、ギャドマンのにべもない拒絶のおかげで、がっくりきているのはわかる。

「きょうの午後、あれを見たあとでは、ほかのところでなんか働けません。いったいあれは……なにが起きたんですか……つまり、わたしが起きたと思ったことは……」

「きみがどう考えるかによりけりだ」

ギャドマンの視線は、バーの反対側に釘づけになっている。

「あなたにとっても予想以上の成功だった、そうじゃないですか」

ギャドマンは、とつぜん彼女に興味をそそられたらしく、遠い目で女を見つめた。

「ふむ。きみをオーケストラに迎えることはできない」と、ギャドマンは最後にいった。「五年の歳月をかけて訓練してきたオーケストラだし、それにくわえてきみは女だ。しかし、そうしたければ、ここにいることはできる。口実が必要なら、わたしと結婚しろ。わたしの作品と永久的な関係を結びたければ、そうするしかない。ただし、わたしはいい夫にはならんよ、頭の中はほかのことでいっぱいだからな」

彼女は、それで取り引きが成立したものと思ったようで、そのままストゥールに腰を下ろした。ギャドマンが、彼女に飲み物を注文した。その夜、彼女はそれ以上ひとこともロをきかなかった。あの夜以来、彼女の姿は二度と見ていない。

「さっきの質問だがね」と、ギャドマンがわたしのほうを向いていった。「とほうもない大きさのおかげで、オーケストラは本来のものとはべつの特性を獲得した。つまり、オーケストラは遠距離送信機になったんだ。そして、そのメッセージを遠く離れた場所で聞いた者がいる。明らかに、オーケストラは受信機の役割をはたすこともできる――昼間、ほとんど同時に返信が返ってきたのをきみも聞いただろう」

「返信？　でも、どこから？」

「知るもんか。どこか――ここではない場所だ。偉大な知性が存在する場所。宇宙には数十億光年の広がりがある――どこでもありうる」

それ以上、ギャドマンはなにもいおうとはしなかった――ただひとつ、翌日にも送信がおこなわれる、ということをべつにして。

　バーは九時半に看板になったが、ギャドマンにおやすみなさいをいわずに帰ろうとする者はひとりもいなかったから、彼が最後に店を出る客となった。わたしは、さっきの女の腕をとって歩いていくギャドマンのうしろ姿を見送った。


　翌日の午後、わたしは、スタジアム内部にはいることを許された。大集団の指揮を楽にするため、ギャドマンは、自分の姿が巨大なスクリーンに投影されるようにしていた。そこに映しだされる巨大な二次元の映像を目のあたりにして、団員たちがなぜギャドマンにあれほど深い畏敬の念を抱いているのかが、やっとわかったような気がした。ギャドマンは、まさしく巨人の体軀《たいく》をしていた。

　オーケストラはいつも、演奏をはじめるまでに、一時間の準備期間を与えられる。その一時間が終わるころには、団員たちはみな、彫像と化していた。やがて、ギャドマンの両手が上がると、音を超えた音の巨大な実在の数小節が、スタジアムの上空に閃く。そして、団員たちはふたたび彫像にもどった。

　ほとんど瞬間的に、応答があった。ひとつのはっきりした音楽が、楽器によって中継されてくる。もしも楽器の数がこれほど多くなければ、聞きとれなかっただろう。しばらくのあいだ、その音楽は澄んだ明瞭な和音で持続し、そして、はじまったときとおなじように、唐突にとだえた。

「天体図を持ってきてくれ！」ギャドマンが叫んだ。

わたしが駆け寄ったときには、すでにギャドマンは天体図や天体写真を広げていた。一心に聞き耳をたてているような顔で、それに見入っている。だれかが口を開こうとするたびに、ギャドマンは片手を上げて黙らせた。渦状星雲、星団、星間ガスの雲の拡大写真に全神経を集中させている。

ついに、ギャドマンは、そのうちの一枚をとりあげた。無数の星星の燃える渦巻――アンドロメダM31星雲だった。

「ここから来ている」

「どうしてわかった？」と、わたしは困惑してたずねた。

「当てずっぽうみたいなものだが、正しいことはわかる」

そのときにはもう、記者たちが押しかけていた。

「つまり、あの音楽は、べつの銀河から来たものだとおっしゃるんですか？」ひとりがたずねた。

「きみを招待した覚えはないね」とギャドマンは答えた。「きみに対しては、わたしはなにもおっしゃってないよ」

　新聞記者はにやっとして、

「ええ。しかし、時速わずか七百マイルの音波が、数千光年の宇宙空間を瞬時にしてわたってこられたわけは説明していただけるんでしょうね」

　ギャドマンはしばしその記者を見つめた。まだ若い男で、頭が切れそうだが、ジャーナリズムに毒されて、特ダネをとろうとやっきになっている。ギャドマンに立ち向かうはめになったその男が、わたしはちょっと気の毒になった。

「説明することはなにもない」

　それでおしまいだった。ふたりの無表情な楽団員が、記者を出口のほうへひきずっていった。

「しかし、あの男のいったことにも一理ある」とわたしはいった。

「そんなことがどうして可能なんだ？」

「音楽的コミュニケーションは、空中の音波など超越している」

と、ギャドマンは答えた。「だからこそ、受信機が必要なのだ。適切な装置さえあれば、瞬時にメッセージを検出できる」

「ということは、宇宙のどこかに、これと似たようなオーケストラがあるわけか？」

　ギャドマンは肩をすくめた。

「ここには、わたしのオーケストラがある。アンドロメダにはなにがあるやら。ひょっとすると、科学かもしれん」

「なるほど……で、このあとはどうする？」

「刑務所に行くさ」

ギャドマンはスタジアムの入口のほうを指さした。目立たない服を着たふたりの男が、パトロール・カーから降りてくるところだった。

近づいてくる警官を見ながら、ギャドマンは笑って、

「ほかにどうしようもなければ、の話だがね」

楽団員たちはギャドマンに心酔するあまり、職務質問を求める警官たちに対して、さきほどの新聞記者とおなじあつかいをしようとした。しかし、ギャドマンはその興奮をなだめ、弟子たちを解散させてから、刑事ふたりを家に連れ帰った。

その日、ギャドマンは逮捕されなかった。その日の夜、わたしはまたギャドマンと酒を飲んだ。

「警察はなにが目的だったんだ？」とわたしはたずねた。

ギャドマンはほほえんで、

「ちょっとした釈明さ。でも、しっぽはつかまれなかったよ」

相手がわたしでも、しっぽをつかませないのはおなじだった。警察がやってくることに

なった一件は、ギャドマンにとって明らかに形而下的なことに属しており、その問題については、話すことはおろか考える値打ちさえないのだ。

おかげで、まだしばらくはオーケストラを解散させずにいられるから、いくつか実験をやってみたいのだ、とギャドマンはいった。正確で淀みない彼の言葉づかいを聞いていると、古いつきあいだというだけの理由で、アンドロメダそのものくらい遠く離れた時空域からわざわざ報告をよこしてもらっているような気がした。五年前、あのプロジェクトに着手したときから、ギャドマンはずいぶん遠いところまで行ってしまったのだ。

「大きいことは、たんなるサイズの問題ではない」とギャドマンはいった。「大きなものには、小さなものとはまったく違う意味がある。人間は、熱意によってなにをなしうるかを理解していない。人間の野心など、けっきょくはとるにたりぬものだよ」

翌日、わたしはロンドンにもどった。ギャドマンからはなんの音沙汰もなかった。だが、それからひと月ほどしたある晩、ギャドマンがふらりとわたしのアパートメントにあらわれた。

「きみに会っておこうと思ってね」とギャドマンは切りだした。

「警察はまだわたしの居場所をつかんでいないが、見つかるのは時間の問題だ」

「しかし、なんの容疑で？」

「窃盗ならびに横領。金にからんだことさ。オーケストラの資金をどうやって調達したかとたずねただろう。あのときは答えなかったが、いまなら新聞で読めるよ」

相手がギャドマンでは、同情の言葉を並べても意味がない。それに、ギャドマンのことだ、いずれこうなることは、最初から予期していたにちがいない。わたしはなにもいわなかった。

「オーケストラは解散することになりそうだ」ギャドマンは言葉をつづけた。「残念だと思わないでもないが、避けられないことだし、たぶんそのほうがいいんだろう。しかし、ほら、きみにはプレゼントがある」

ギャドマンは内ポケットからなにかとりだして、わたしにさしだした。

「なんだい？」

「音の結晶だ」

「まさか！」

ギャドマンはサイドボードから自分で酒をとりだした。

「うそじゃない。わたしのオーケストラがやってのけた。ある程度以上に大きくなったものは、まったくちがうものに変わってしまう。この場合、われわれの音楽は凝縮されて、固体に変わったわけだ」ギャドマンはダブルのウィスキーを一息に飲みほして、「もうすこしあるから、盗んだ金のいくらかは返せるかもしれん」

ギャドマンはしばらく口をつぐんでいたが、そのあいだも、仰天したわたしはなにもいえずにいた。

それから、ギャドマンは最後に、

「もうひとついっておこう。わたしはまるで耳が聞こえないんだ。もうずいぶんになる。オーケストラの団員もほとんどそうだよ。鼓膜が破れてね。しかし、われわれは、心で聞く」

わたしはギャドマンのプレゼントを手の中で転がした。純粋な、音の結晶。美しく、あらゆる物質の中でもっとも硬いもの。それは、宝石だった。硬くきらめくダイヤモンド。ギャドマンはそれからまもなく、投獄された。二、三年して釈放されたが、もう二度と、彼がなにかに興味を抱くことはないと思う。

これがギャドマンのオーケストラの物語でなく、ギャドマン自身の物語だと思うなら、それはまちがっている。ギャドマンは自分自身にたいした価値を認めていなかったが、オーケストラのことは、神とあがめていた。

ギャドマン自身については――そう、彼はただの人間でしかない。神のために盗みをおこなう栄誉を手にしただけの、平凡な人間。それに、考えてもみてほしい。オーケストラが生み出した音は想像もつかないほど大きなものだったが、ギャドマンは、たった六フィートの身長しかなかったのだ。

地底潜艦〈インタースティス〉

The Radius Riders

中村 融◎訳

地底潜艦〈間隙《インタースティス》〉の最後の潜航は、艦の真価を証明する試験航行としてはじまった。その艦《ふね》は就役したばかりだった。艦体の半分はがらんとしており、軍需品区画や乗員区画が艤装されるのを待っていた。にもかかわらず、積み荷はかなりの量にのぼった。二百名の乗組員、技術プラント。そのなかには完成した武装もふくまれていた。艦首と艦尾にひとつずつある弾薬庫には、魚雷が山積みになっていた。そして艦全体は偏極場《フィールド》にしっかりとくるまれていた。このフィールドのおかげで、われらが新造艦は固体のなかを突き進めるのである。

地底潜艦の開発は緒についたばかりで、〈インタースティス〉はその種の艦の五番目に当たっていた。ほかは原型《プロトタイプ》である。この艦を大型に造り、強力に造ったのは、軍艦だからだ。なるほど、わが国は交戦状態にあるわけではない。しかし、敵は存在し、地中航行の分野ですみやかに優位に立つ必要があったのだ。

そういうわけで、ジュール艦長の指揮のもと、わたし――ロス――を技術士官として、本艦は深度十マイルでアメリカ大陸を東から西へ横断する旅に乗りだした。山岳地帯の下を過ぎ、砂漠と湖沼の下を過ぎ、ありとあらゆる地層をすりぬけた。速度と操舵――原子偏極器の関係する場面では複雑なプロセスとなる――と深度制御を試験した。はじめから終わりまで、機器は故障しなかった。偏極フィールドはしっかりと安定を保っていた。〈インタースティス〉をまずは面舵《おも》、ついで取り舵と急旋回させたときでさえ。最初の実用型地底潜艦は成功をおさめたのだ。

われわれは意気揚々としていた。西海岸に近づいたとき、重大な不運がまもなくわが身に降りかかってこようとは、露ほども疑っていなかった。無謀な愚行に突き進み、強大な岩石惑星になすすべもなく囚《とら》われるとは思ってもいなかったのである。

前もって定められた地点でジュール艦長が浮上を命じたとき、わたしは艦長とともに司令室にいた。艦は水平を保ったまま、着実に上昇した。

深度七マイルで、かん高いうなりが艦の金属内部で生じ、浮上するにつれて、たちまち耳をつんざく金切り声にまで高まった。同時に、偏極機関部から緊急の連絡がはいった。

主任技師の紙のように白い顔が、通信スクリーンからのぞいた。

「艦長！　外部の力が場《フィールド》をゆがめています！　維持できません！」

「潜航！」ジュール艦長が命じた。

艦は急速潜航し、すさまじい音はすぐにやんだ。〈インタースティス〉がぶるっと震えながら停止すると同時に、ジュールが技師に問いただした。

「いったいなんの力だ？」と語気を強める。

「磁力でした、非常に強力な。さっきの騒音は、艦の金属原子という原子が、偏極された配列のまま振動したために生じたものです。あと三十秒で、艦全体が非偏極化されていたでしょう」

「いったいどうしてそれほど強力なんだ？」ジュールがとまどい顔でたずねる。

技師は肩をすくめた。

「メーターがふり切れました。わけがわかりません！　わずか五マイルの深度に、あれほど強烈なエネルギーがあるなんて、夢にも思いませんでした」

ジュールは間《ま》を置いた。

「兵器部！　魚雷を真上に発射しろ。ただし、信管ははずしておけ」

ややあって、〈インタースティス〉がはじめて武器を使用した。魚雷は矢のように上昇し、偏極フィールド探知器が追跡した。まもなく五マイルの限界を過ぎると、魚雷はスクリーンから消え、艦は強力な衝撃波をたてつづけに食らった。

魚雷の偏極器が故障したのだ。

それでもジュールは満足しなかった。いまいちど浮上を命じた。艦は危険深度に慎重に近づいた。すると原子が振動する高く鋭い音が艦全体にひびき渡った。偏極機関部の懇願を容《い》れて、艦は安全深度までもどった。

いまやわれわれの自信は消し飛んでいた。針路をたどりなおし、もういちど試したが、結果は同じだった。そのあと周期的に浮上を試みながら、はるばる東海岸までもどり、二週間にわたって大陸をさまよって探索をつづけた。信じられないほど強力な現象が、毛布のように陸地の下に広がっていた。

わたし自身は、磁力が原因だという説に疑念をいだいていた。いちばんありそうなのは磁気の効果で、本艦の潜航中に流れはじめた素粒子の異常な流れが生みだしたものに思えた。

この考えを明かしたとき、ジュール艦長は顔を曇らせた。

「その場合」と彼はいった。「人工的なものかもしれん。地底潜艦に対して効果的な武器であることはまちがいない」

だが、原因がなんであろうと、厳然たる事実が残った――本艦は地表へ出られないのだ。

この事実を理解したとたん、〈インタースティス〉内の雰囲気は一変した。新しい事業に成功したという興奮は消えてしまった。わたしは艦内がどれほどうつろか、あらゆる物音がその空洞にどんなこだまを生じさせるか、アーチを描く壁がどれほど鈍く黄色い照明を反射させるかにはじめて気がついた。本艦がどれほど地球の奥深くにいるのか、想像するのはたやすかった。ジュール艦長に目をやると、彼も同じ感情をいだいているのだとわかった。

唐突に、わたしは大声で笑った。

「なるほど、本艦は閉じこめられました」と軽い口調でいう。「それがどうしました？　もっけのさいわいです。海軍省の腰ぬけどもに反抗しても、おとがめを受けずにすむチャンスですよ」

「どういう意味だね？」とジュールがたずねる。

「用心のため、いまの段階では十マイルより深く潜ることはどの艦も禁止されています。しかし、上昇できないのですから、遠まわりして地表へもどるしかありません――つまり、惑星の裏側へぬけるんです」

ジュールは口もとをほころばせ、いかにも彼らしく手短にその提案を検討した。わたしは何年も前に交わした会話を思いだした。偏極フィールドの開発が、海軍の研究所で蝸牛の歩みをつづけていたころの話だ。このような大胆な企てをたくさん思いついたものだ。それを実現するために、われわれは時間を獲得しようとしているだけだった。

「ほかの者たちに諮《はか》ろう」しまいに彼はいうと、通信器を通して幹部会議を招集した。

六人の士官が詰めこまれると、司令室は閉所恐怖症を引き起こしそうだった。空気清浄器はこれほどの大人数に対応する設計にはなっておらず、十分もすると、わたしは息をあえがせていた。

ジュールが口を開く前に間を置いたので、いまは静止している艦の絶え間ない機械音が耳をついた。

「いまでは全員が承知しているだろうが」とジュールは切りだした。「本艦は地表へ出られない。ロスに提案があるので、そのあらましを述べてもらう」彼はわたしに向かってうなずいた。

「地底潜艦の可能性がとり沙汰されるようになって以来」と、わたしはいった。「わたしは地球内部への旅、ことによると中心そのものへの旅というアイデアを温めてきた。〈インタースティス〉の建造中、膨大な質量を移動させられる偏極推進器の利用を見越して、そのような遠征の試案を練ってみた。〈インタースティス〉は、当初の設計仕様よりもかなり大型だ。仕様よりも重い動力装置、仕様よりも多くの計器、全乗員に何年も行きわたるだけの食料と空気再生器をそなえている。作業場と、過熱を防ぐための冷却機器も設置した」

この事実を明かしたとき、海軍人のなかには驚きの表情を浮かべた者もいたが、ほかの者たち――わたし自身の民間人チームに所属する士官たち――はすでにそのことを知っていた。反対意見が出るとは思わなかった。文明人なら、知識を追求する機会をみすみす逃すはずがない。

「〈インタースティス〉の装備は、わたしの頭にある旅を実現するには、まだ完全とはいえない」と、わたしは告げた。「しかし、私見では、なんとかやれるはずだ。アメリカから切り離されているのだから、惑星のべつの象限へ出ることを提案する」

　ジュールがここで口をはさんだ。

「ひとつ留意してほしい点がある、諸君。本艦の遭遇した障壁が、人工的な装置であり得《う》るという点だ。もしそうなら、わが国は交戦状態にあり、敵は地底潜艦についてすでに知っているということになる。この場合、できるだけすみやかに帰還するのが、われわれの責務だ。自分たちの興味を追求するために、うろうろするわけにはいかん」

「白状すると」と、わたし。「野心をかなえる機会ができて、わたしは喜んでいる。しかし、いずれにせよ、〈インタースティス〉を戦闘で役立つようにするなら、ほかに方法はない。なぜなら、ほかの陸塊への最短経路は、いまや世界の核へ近づくことにかかっているのだから」

「技術的な質問をしてもかまいませんか？」と、ある士官がたずねた。「本艦はすでに、地殻がもっと高温のマントルに席をゆずる深度に近づいています。それを越えれば、液体の核はさらに熱くなります。そういう状況に耐えられるのでしょうか？」

「偏極フィールドのおかげで、理論上はどれほどの高温や密度にも本艦は影響を受けな

ろう。そのせいで偏極器がどうなるかは、すでに見たとおりだ」
のうち助けになるが、あとで邪魔になるだろう。しかし、磁力も中心に向かって強まるだ
い」と、わたしは答えた。「しかし、重力と磁力からは保護してもらえない。重力は最初

い」と、わたしは答えた。「しかし、重力と磁力からは保護してもらえない。重力は最初のうち助けになるが、あとで邪魔になるだろう。しかし、磁力も中心に向かって強まるだろう。そのせいで偏極器がどうなるかは、すでに見たとおりだ」

わたしがこういったとたん、いっせいに身震いが起きた。

「正直いって」と、わたしは言葉をつづけた。「いましがた脱出したような現象にぶつかれば、どうすればいいのかわからない。しかし、磁気分流器《ガウス・シャント》と呼ばれる巧妙な装置がある。これがあれば、中間子の流れを利用して磁力の漸増を制御できる。作るのに長くはかからないし、当然ながら予想されるエネルギーの着実な増加に対処できるはずだ」

士官たちは無言で考えをめぐらせた。〈インタースティス〉は、すでにかつてないほど深く潜っており、艦、人員、空気のそれぞれの原子が、空間の異なる方向に個別に整列させられているという事実のおかげで、高密度の岩石を素通りしていた。まさにこの瞬間、船室、壁、われわれ自身の体が堅牢な熱い岩石で満たされており、絶妙のバランスで実体をなくしているのだった。

想像すると悪夢のようだ。しかし、ここにいるのは不屈の男たち、わが国の精鋭であり、わたしの熱意とジュールのリーダーシップに感化されていた。

「どうした！」わたしは促した。「この道を前に行った人間はいない。冒険をしようではないか！」

「ロスの提案を支持する」とジュール。「ほかに質問は？」

質問はなかった。そしてひとたびジュールがみずからの決定を宣言すると、異論は出なかった。

「深々度潜航の準備に関して、追ってロスから指示させる」とジュールが短くいった。

「以上だ」

三日にわたり、〈インタースティス〉はその巨体を深度十マイルの地中に浮かべ、いっぽう、わたしたちは磁気分流器の製作にとり組んだ。手持ちの資材があれば、製作はむずかしくないとわかった。艦の動力装置の隣に中間子充填器を設け、鉄銀回路の骨組みを内殻全体に張りめぐらし、艦尾の端子群《バンク》に収束させる。そこなら、外部の磁気フィールドを地中へもどせるのだ。これがなかったら、偏極器が整列を乱し、金属の一片一片が誘導によって溶けるだろう。

わたしは加減抵抗器を使って、艦内の磁場の強さを変え、分流器の出力をテストした。それから推進器を再始動して、重力による緩慢な沈降を真の動力潜航に変える準備をした。

〈インタースティス〉の内部は、悪魔の工房さながらだった。遠いむかし、世界の表面がまだ完全には地図に載っておらず、帆船が新しい海原、新しい陸地の前で帆を広げられたころのイメージが心に浮かんだ。本艦には、気ままな風も、光も、逆巻く波もない。通常の存在の境界をはみだしてしまい、暗黒と高圧と高熱のなかへ進むしかないのだ。

エンジンは従順に艦を地球の奥深くへ押しこんでいった。唯一の照明であるギラギラした黄色い光のもと、技師たちはスクリーンに映しだされる岩石層の変化を見まもり、外部計器の数値を書きとめた。地質学者が何世紀ものあいだ喉から手が出るほどほしがっていた情報が、いまや簡単に集まっていた。

われわれはひたすら潜航した。世界は固く、地底潜艦を考えついた人間知能は大胆不敵だ、という思いが脳裏から離れなかった。艦の端から端まで歩いて、さまざまな機器を点検したつぎの折り、〈インタースティス〉の広大なホールに似た内部空間には、活動の音が静かに流れていた。深度三百マイルを記録したところだった。

とそのとき、いきなりバシンと音がして、つづいて重々しいきしみがあがり、空気に震えが走った。なんとも驚いたことに、聞きおぼえのある音だった。以前にも耳にしたことがあったのだ、海軍の研究所で。前に遭遇した磁気障壁とはなんの関係もない。

それは、ふたつの偏極フィールドが衝突したさいに生じる騒音だった。

わたしは長い通路を駆けぬけて司令区画に向かった。操縦室の手前にある部屋で、探知器係員が付近を走査しており、スクリーン上に障害物が形をとりつつあった。

しかし、フィールドはひとつにとどまらなかった。目に飛びこんできたのは広大な建築複合体のパノラマだった。無数のぼんやりした輪郭線が東西南北へのびたり、積み重なったりして、集団や広々した領域を形成している。しばらくのあいだ、どうにも信じられなかった。

本艦は地中都市に乗りいれてしまったのだ。

耳を疑うだろうが、自然もまた、ふたつの物体に同じ空間を占めさせる方法を学んでおり、このやり方で地球に生きものを満たしてきたのだった。本艦が突入してしまった都市圏は広大で、探知器のおよばない範囲まで広がっていた。スキャナーはかなり弱い偏極を示しがちだったが、住民は――もし彼らの経験を人間の言葉で表わせるなら――濃厚な糖蜜のような媒質のなかに住んでいるのだと推察された。〈インタースティス〉は、まばゆく光る、ほぼ破壊不可能の堅固きわまりない怪物として降ってきたにちがいない。

司令室にはいると、ジュール艦長がぽかんと口をあけて、自分のモニター・スクリーンで同じ光景を見ていた。わたしは着席した。ジュールは、わざわざわたしのほうに目を向けもしなかった。

彼は通信器のスイッチを入れた。

「動力部！　わたしの命令に耳をすましておけ。それから、舵をこちらに渡せ」

カチリと音がして、〈インタースティス〉の操舵機能が、推進器室からジュールのバケット・シートの前にある操縦コンソールへ切り替わった。〈インタースティス〉は一群の建物の壁と壁とにはさまれていた。ジュールのたくましく幅広い肩が盛りあがる。舵輪を必死に操作しようとしているのだ。汗が噴きだしはじめるなか、彼は艦を脱出させ、さらに深い領域へ突き進もうとした。

「艦長!」わたしがいった。「あれが見えますか?」

彼はいったん手を止め、スクリーンを見つめた。船が近づいてきていた。一大船団が、まるであつかいにくい微風に乗っているかのように、ぐんぐん迫ってくる。見かけは奇妙なしろものだった。彎曲した長い梁から成っており、梁と梁との幅広い隙間ごしに乗組員と粗雑な装置がぼんやりと見分けられた。近くの建物のまわりでも、あわただしい活動のしるしがあった。

住民が自分たちの都市を防衛する準備をしているのは、はた目にも明らかだった。ほかよりも大きな船の何隻かが、奇妙に見憶えのあるものを船首に搭載していることに気がついた。見ているうちに、先頭の船が行動に移った。

「投石器《カタパルト》だ!」ジュールが叫んだ。

ガチャン! 艦殻に投擲物がぶつかった衝撃で、〈インタースティス〉の通路に轟音が鳴りひびいた。ジュールが笑い声をあげた。「撃たせておけ!」そしていまいちど操縦コンソールにかがみこんだ。

しかし、艦を無理に移動させることは不可能だと判明した。とうとう、地底人の投擲物が雨あられと降り注ぐなか、われわれは武器にものをいわせた。控え目に使用したものの、魚雷と地震動《サイズモ》ビームが甚大な被害をもたらし、そのあと本艦は道を切り開いて、旅をつづけられるようになった。船団は五十マイルにわたって本艦を悩ませ、復讐の試みで艦の外壁に打撃を加えつづけた。

「それにしても、地下三百マイルだぞ！」ジュール艦長が声をはりあげた。「この先なにが見つかるのだろう？」

なにが見つかっても不思議はなかった。地球の内部はその表面よりもはるかに広々としており、地表よりも多種多様な生きものの棲める余地がある。ここで、われわれは原始人に出会った。深淵では、〈インタースティス〉をおもちゃあつかいする、堂々たる超科学文明が見つかるのだろうか？　それとも、地中には怪物がいるのだろうか……。

しかし、わたしに関するかぎり、発見が潜航の主目的と化しており、いかなる危険を前にしても科学的努力をやめるつもりはなかった。

そして敵に出会う可能性だけが危険ではなかった。このころには、ほかにもひどくおかしなことがあるとわかっていた。

わたしは艦外計器の示す数値をずっとチェックしていた。物理法則によって、密度と熱の数字が降下につれて着実に増加するのが当然と思われた。ところが、不可解なことに、深度十マイルで潜航を開始して以来、それらの数字は同じままだったのだ。

ジュール艦長は技術者ならではの興味を示したが、動揺はしなかった。

「磁力はどうだね？」と彼はたずねた。

「やはり変化ありません」わたしは答えた。「しかし、その場合、この深度だと大したことはないでしょう。磁気分流器が必要になるのはもっとあとです」

にもかかわらず、われわれふたりは分流器の点検にそろって赴き、動力部で中間子充塡器を始動させ、狭い通路ぞいにのびる鉄銀回路のひとつをたどって艦尾まで行った。端子群をおさめている絶縁チェンバーにとりつけられたメーターを調べる。表面を正常に保つため、微増した磁力が流出するので、針はわずかに動いているはずだった。ところが、ゼロをさしたままだった。

わたしは通話器をとりあげ、動力部を呼びだすと、「流出バーを二インチ動かしてくれ」と命じた。

加減抵抗器が操作されると同時に、あるダイアルが小刻みに揺れ、力が地中へ流れていることを示し、べつのダイアルは、艦内のフィールド強度が減ったことを告げた。

ジュールがうめき声をもらし、

「どこかがおかしいなんてことがあるのか？」

わたしは加減抵抗器を元の位置にもどすよう命じた。

「いいえ。まったく異状ありません。地球の内部は、むかしから考えられていたものとはちがう、という事実を認めるしかないのかもしれません。そうでなければ、本艦が密度の低いポケットにはいっているかです。とにかく、前進に支障はありません」

しかし、数日が過ぎるあいだ、わたしは密度、熱、磁気の数値を絶えずチェックしていたが、結果はいつも同じだった。変化なし。だんだん心配になってきた。

〈インタースティス〉に本来そなわっている計器をべつにすれば、じっさいの速度を確認する方法がないのを思いだした。これを修正するために質量計を設計した。それは、理屈の上では、まず本艦の前方にある地球の質量、ついで本艦があとにしてきた地球の質量を計測することで、進み具合を教えてくれるはずだった。

結果は愕然とするものだった。ふたつの数値を合わせると、既知の地球の質量と一致しなかったのだ。

「ばかげています！」わたしはジュールに告げた。「本艦が出発したときより、地球が重くなっていなければならなくなります。しかも五百マイルは進んできたのに、前方の距離は依然として同じままです」

本艦は動いているのだろうか、いないのだろうか？

謎だ。ある見方によれば、質量計は動いていることを示している。べつの見方によれば、それは静止していることを示しているのだ。

さらに一週間待ったが、謎は深まるばかりだった。このときには、深度千マイルに達して、途方もない高圧下で生きのびる能力の限界を学んでいるはずだった。じっさい、垂直方向には千マイルを記録していた。しかし、地核への接近は依然として進展がなかった。本艦はパラドックスの線にそって進んでいるように思われた。そこではどれほど速く走ろうと、ゴールラインはけっして近づいてこないのである。

それがわかると、憤懣がつのると同時に気分が沈んだ。その問題を頭の体操としてあつかうことは、もはや不可能だった。

それ以上は都市が見つかることもなく、攻撃を受けることもなかったが、前回の失敗をくり返さないよう注意した。スキャナーが絶えず働いており、遠方に偏極を示すぼんやりした光の明滅をさまざまに映しだした。ときおり、巨大な影がスキャナーの有効範囲のぎりぎりをかすめ過ぎ、正体のつかめない減衰シグナルがあらわれた。

旅をはじめて十三日目、ジュール艦長が幹部を艦長室に呼んだ。

バケットシートに平然とすわっているジュールは、幹部たちに向かいあい、ぎゅう詰めになって汗をかいている彼らが静かになるのを待ってから口を開いた。

「諸君、われわれの立場を検討したい。ロスが状況を説明する」

わたしは質量計の数値について、そしてマントルのあらゆる深度で圧力が一定だとわかったことを手短に説明した。われわれは計器の数値の食いちがいのなかへ艦を駆りたてている。進めば進むほど、食いちがいは大きくなるだろう。

「常識をべつにすれば」と、わたしは締めくくった。「地球の核に到達するという目標の達成に向かって本艦が一インチでも進んだことを示すものはない」

「それなら本艦は静止しているのですか？」

「ある角度からはそう見える」わたしは認めた。「しかし、わたしはそう思わない。本艦はいまだにエネルギーを消費している。推進器は完璧に作動しており、このことは運動しているという結果しか生みだせない。どこかへ進んでいるにちがいないし、じつは探知スクリーンを見さえすれば、じっさいに動いていることがわかる」

「しかし、どこへも行き着かない」ジュールが割ってはいった。「海軍に関するかぎり、この潜航の目的は基地へ帰還することだが、達成できそうにない」

「引き返すとおっしゃっているのですか？」

「それはずっと頭にあった。いまや帰り道に障害はないかもしれん」

その言葉でわたしは意気消沈した。われわれが発見したものは、なんとしても潜航をつづけたいという気持ちをかきたてるものだった。そして本艦が遭遇した危険や不可思議な事象は、さらに旅をしたいという圧倒的な衝動をもたらしただけだった。

ジュール艦長が内心ではわたしの姿勢に賛同しているのがわかった。彼は最高の人材のひとり、最優秀の士官であるからだ。コチコチのウルトラ保守になってしまったといって、われわれの世代を非難する者がいる。しかし、これは欠点ではない。文明には避けて通れない時期なのだ――そう断言しよう。国家の士気がいまほど高まったことはない。われわれは偉大な男たち、すばらしい技術者を生みだしつつある。ジュール艦長は、われわれ技術者が胸に秘めている金言――恐れを知らず、引くことを知らず――を熟知している。だが、彼には指令に服す義務があり、いま告白するのは悲しいことながら、わたしにその義務感はなかった。

「なぜ引き返すんです？」わたしは詰めよった。「進まなければなりません！　謎はおのずと解けるでしょう――そして地球のなかでなにに出くわそうと、対処できるはずです！」

それ以上議論する機会はなかった。決定はわれわれの手から離れてしまったからだ。通話器がピーッと警報を鳴らすと同時に、すべてのモニター・スクリーンがパッとともった。探知器の係員たちが、数マイルの距離にふたつ目の地球内知的種族を見つけていた。そなえる時間は数分しかなかった。

彼らの艦隊が下からやってきて、本艦のまわりに整列した。いっぽう本艦も戦闘態勢にはいった。相手は長大で、幅のある艦《ふね》で、地中深くの目に見えない現象のせいでわずかに揺らいでいた。まるでこちらの力を推し量るかのように、ゆっくりと集まり、威嚇の雰囲気をただよわせながら迫ってくる。

とそのとき、それが摂理というものなのか、それとも、こちらを敵とみなしたのか、彼らは攻撃に移った。

わたしは欣喜雀躍した。これまでフルスケールの戦闘に臨んだことのなかった〈インタースティス〉が、いまや能力を全面的に発揮することになり、どうころんでも、遠征隊の気風が明確になるのだ。というのも、こんどの敵は上層の原始人とはちがうからだ。彼らの船は動力で動いており、彼らの武器は本艦に損傷をあたえられるのである。

それでも、彼らのテクノロジーはこちらと同等ではなかった。彼らは閃光を発する矢のような飛翔体《ミサイル》を発射し、それは本艦の装甲を貫通できた。そして数で勝る艦を巧みに展開し、威力で勝るこちらの武器と五分に持ちこもうとした。しかし、魚雷発射管と地震動ビーム砲塔を針山のように生やした〈インタースティス〉が、彼らの頭上に大きくのしかかった。本艦は彼らにとって好敵手だった。

それは追撃戦だった。動力部は推進器をギリギリまで酷使し、本艦は無数の鮫に囲まれた鯨のように突き進んだ。ジュール艦長は敵のミサイルをかわそうとするのをあきらめ、兵器部のすさまじい力に防御をまかせた。

艦の本体に移って機器の働きぶりを見まもっていたとき、敵の攻撃で通路は鐘のような轟音を発し、わがほうの魚雷の爆発でブルブル震えていた。いっぽう魚雷は偏極フィールドから瞬時にぬけだし、地球内部にすさまじい痙攣を引き起こした――断言しよう、地底人たちはそんな戦法を聞いたこともなかったはずだ！ 飛びだしていく魚雷の音が聞こえ、壁の高いところに設けられたくぼみからは、地震動ビームのうなりが降ってきた。つい目と鼻の先で、長さ二十フィートの槍が壁面を突き破り、広々とした中央吹きぬけを斜めに飛んだ。砲手が壁から落ちてきた。その頭はぱっくりと割れていた。彼が操作していた地震動ビーム砲は、原型をとどめていなかった。

三十発の敵ミサイルが艦体をつらぬき、われわれは八名を失った。しかし、それがどうした？ 本艦は無敵の弩級戦艦だ。〈インタースティス〉は正真正銘の戦闘艦なのだ。ついに甚大な被害を出した敵が退却した。ひょっとしたら、本艦が彼らの領土の外に出たのかもしれない。

自分たちの武器から出た硝煙のただなかで、乗組員が修理にはげむあいだ、動力工具がうなりをあげていた。司令室にもどると、ジュール艦長が偏極機関部、兵器部、動力部を点検していた。わたしが部屋にはいると、彼はこちらに向きなおった。

「舵がやられたよ」と陰気な声でいう。「これで選択の余地はなくなった。艦をメイン・エンジンで回頭させたくはない。まちがいなく、偏極機関が吹っ飛んでしまう」

わたしは返事をしなかった。〈インタースティス〉は、偏極フィールドの方向を変えるのに必要な手のこんだ装置がなければ回頭できないのだから、ひたすら旅をつづけるほかないのだ。

われわれは勝利をおさめたが、みずからの運命を左右する手立てを失った。〈インタースティス〉の士官たちが、堅固な地球のさらに奥深くへ艦を向けたのは、この無力感に襲われたときだった。

ひと月にわたり、本艦はエンジンの力で潜航した。来る日も来る日も、わたしは不安の面持ちで計器の数値を調べた。そのあいだずっと、外部の岩石の性質に変化は見られなかった。

第二の質量計の数値と、本艦が下方へ移動しているという明白な事実をのぞけば、なにもかもが、本艦が依然として地表から十マイルの地下で静止していることを示していた。ジュールとわたしは、その問題にすべての考えをふり向けた。ときどき、彼は身震いした。これは、詩人たちが恐怖におののきながら語った底なしの深淵なのだろうか？

「こんなことはありえない！」彼は腹立たしげにいった。「岩は本艦のわきを流れ過ぎている！　生きものは前方からあらわれ、うしろへ遠ざかる。それなのに中心に近づけないとは！」

われわれは地球を表わす円を描き、その円内における〈インタースティス〉の位置に関して、質量計が矛盾するふたつの数値を示すという謎を解こうとした。それとも、なにか根本的に新しい幾何学があって、そこではふたつの量を足しあわせても、もはや合計にならないのだろうか？　宇宙についてわれわれがなにを知っているのだろう？　われわれの惑星の表面を経験しただけではないか——ひょっとしたら、ほかの場所では法則がちがうのかもしれない。

試しに円を四等分し、その図形をじっくりと眺めてみた。ジュールが同心円を描きこむと、その四分円のなかで、円弧が半径との釣り合いで短くなっているのに気づいた。

それは、つかみどころのない考えだった。

哲学的な考察をべつにして、流出する余剰エネルギーを地中へもどす磁気分流器が、どういうわけか錯覚の源であり、すべての艦外計器と質量計に影響しているのだろうか——わたしはそうも思った。はっきりさせる方法はひとつしか考えつかなかった。

分流器のスイッチを切る許可を求めたとき、ジュール艦長は恐怖の表情でわたしをまじまじと見た。

「その推測が誤りだったら」と彼は声を殺していった。「本艦は天国まで吹っ飛ばされるだろう」

「それがなんです？」わたしは叫び、荒々しく手をふった。「こんな風につづけるわけにはいきません。地獄の辺土《リンボー》を旅しているも同然です。ほんの数ミリ秒のあいだ分流器を停止させれば、逃げられるかもしれないんです」

われわれは密かに分流器を停止させた。わたし自身の手で時限装置を組み立て、端子群につなげた。二十ミリ秒のあいだ、分流器は作動をやめた。

メーターの針はぴくりとも動かなかった。

「もういちどだ！」ジュールが命じた。

その実験を三度くり返した。それから分流器を永久に停止させた。そのために設計された状況にいちども遭遇しなかったのだから、そもそも作る必要がなかったのだ。

「これでべつの説明が残った」とジュール。「哲学的な説明だ。しかし、物理学者たちの考えてきた説明にくらべれば、もっと動揺をきたす要素を必然的に伴っており――」

彼のおだやかで容赦ない精神が、最後にはその答えを出すのをわたしは知っていたはずだ。しかし、彼が説明しかけたとき、第三の地底人の攻撃がはじまった。

小規模で迅速な襲撃部隊が、北から急降下してきた。どこから来たのかはわからなかった。もっと上層で目にした居住地のたぐいは影も形もなかったからだ。海賊か、放浪の戦士団というのがいちばんありそうな線だった。というのも、職業的で、獰猛で――これまで遭遇したなによりも手強かったからだ。

それにもまして、彼らは偏極フィールドに亀裂を入れる方法を身に着けていた。

ひょっとしたら、こちらの機器が彼らには強すぎたのかもしれないし、彼らがこちらを怯えさせて、降伏させようとしただけなのかもしれない。だが、短い間隔で二回だけ、彼らの装備の耳をつんざく金切り声――偏極器のうなり――が聞こえ、揺らめくフィールドの息苦しくなる熱を経験した。と、またしても、兵器部の消耗した資源が使用された。

これは負け戦《いくさ》になった。

襲撃者たちの主な狙いは、本艦に乗りこむことだった。残っていた魚雷を使い果たし、効果の劣る地震動ビームを頼みの綱としていたとき、彼らが艦体に手際よく穴をあけた。司令室にいたジュールとわたし自身の耳に、驚愕の叫び声や、ガチャガチャいう奇妙な音が届いた。数分後、爆発が生じて、狭苦しい空間に耳を聾する爆音がとどろいた。ある乗組員が、地底人たちがなだれこんで来る区画を爆破するという英雄的行為に出たのだ。

そのあと、艦内の戦闘は短かった。それでも、われわれは指揮官を失うはめになった。爆発をまぬがれた三人の襲撃者が、強力な携帯兵器から四方八方へ破壊をふりまきながら、中央吹きぬけを小走りにやってきた。数分以内に彼らは司令部に到着した。ジュール艦長が拳銃に手をのばしたとき、その顔に浮かんだ表情はけっして忘れないだろう。それを言葉に表わすこともできない。なぜなら、ありとあらゆる感情がそこに見えたからだ。ひとつひとつ分かれているのに、ひとつとしてきわだっているわけではない感情が。

われわれの敵は、かさばる装甲服をまとった黒っぽい短軀の人影だった。ヒューマノイドだが、その体には奇妙に蛇を思わせるところがあった。彼らはいきなり発砲し、ジュールは右のわき腹に重傷を負って倒れた。そのさいに先頭の襲撃者を倒していた。船室の隅から、わたしがほかのふたりを始末した。

　それが地中の襲撃者の見おさめになった。彼らが攻撃をやめた理由はわからずじまいだった。というのも、本艦の探知器は大破しており、そのときから外を見ていないからだ。

　ほかの士官たちが司令室にやって来ると、わたしはジュールを寝椅子へ移動させた。彼の呼吸は浅く速かったし、その顔は苦痛でこわばっていた。

「わたしはもう終わりだ」と蚊の鳴くような声でジュール。

　わたしは彼の肩に腕をまわし、そっと抱き起こした。彼は息も絶え絶えだったが、目には知性があふれていた。

「ジュール」わたしはすがるようにいった。「ここでわれわれの身になにが起きているんだ？」

「わたしの理論はこうだ」彼は苦労してしゃべった。「物質は空間のゆがみだ。物質が凝縮すればするほど……それが占める空間は凝縮する」

　彼は言葉を途切れさせ、一瞬、それが臨終の言葉になったかと思えた。やがていくらか気力をとりもどしたらしく、先をつづけた。

「地球内部では、空間そのものが密度に比例して圧縮される。地表からは一インチに見えるものが、本当は千マイルなのかもしれん。地球の半径はすべての階層で同じなんだ――密度の高い物質にはいるたびに、われわれも縮むから、見かけはつねに同じだ。進むべき距離はつねに同じなんだ」

目の光が鈍くなり、やがて濁った。息を引きとった彼を、わたしは横たえた。

そしてわたしが〈インタースティス〉の指揮をとることになった。時間を無駄にせず、些細だが必要な行動をとった。艦体を封印したのだ。内部のハッチをひとつ残らず閉め、電力を節約するため照明を落とした。推進器は最大の効率で速度を出すようにセットされている。目下の関心は、中心に向かう長い着実な降下にそなえて偏極フィールドを維持することだ。本艦の動力装置は、理論上は無限に動きつづける――しかし、地球内部の空間は、われわれの知る太陽系全体と同じほど広いのかもしれない。

固体を突きぬけていく船の旅より不吉な旅があるとは、いまや思えない。潜れば潜るほど、頭上に何千マイルもの岩石があるという意識は強くなり、圧迫感は強まってくる。良心が重荷になる。ジュール艦長を説得して潜航に乗りださせたのはこのわたしだ。そしてこの鋼鉄の艦体という薄闇のなかにすわっていると、仲間を説得して地獄そのものへ向かわせたのだと考えずにはいられない。

艦は荒れはてている。男たちはひとことも発せずに、艦の端から端まで横たわっている。地震動ビームにもはや砲手はついていない。この旅を生きのびられないという考えを全員が受けいれている。

以上がことの顚末だ。いまわたしは、すわってこれを書いている。艦がとうとう地球の反対側へ顔を出したとき——偏極機関はその瞬間、自動的に止まるはずだ——われわれの艦を見つける者に、地球内部の性質を知ってもらえるように……。

一部始終を目撃したと主張する農夫によれば、その艦は丘の中腹から出てきて、そのあと二十フィートずるずるすべってから、岩の露頭にぶつかって止まったのだという。折れた若木が艦の通り道を示しているので、話の後半は真実だと簡単にわかったが、前半は眉唾だった。とりわけ、芝草に裂け目が見当たらないとあっては。ベインは古代文明の専門家であり、全長五百フィートの巨体が頭上にぬっとそびえている艦のどこにも見憶えのある部分が見つからないので、それがまったくちがう方向から来たという見解にかたむいていた。

「宇宙船にちがいない」シドニーから調査チームに同行してきた冶金学者に向かって彼はいった。「それ以外にありえない。あの農夫は嘘をいっているか、勘ちがいをしているかだ」

冶金学者はうなずいた。

「わたしもそう思う」と答え、「だが、これほど老朽化の激しい理由は想像もつかない。いたるところがたわんでいるのを見てくれ！　あれがなにかわかるかね？　金属疲労だよ。しかも、合金のなかには見憶えのないものがある！」

ベインは、司令室から持ってきた金属を束ねた本をパラパラとめくった。彼にとって、その艦《ふね》が星々から来たという反駁しようのない証拠がその本だった。見たところ日誌のたぐいのようだが、その奇怪な手書き文字には、古代のものにしろ現代のものにしろ、地球のいかなる言語とも似かよった点がまったくなかったのだ。

(これのロゼッタ石は見つからないだろう)と彼は思った。内容がけっして翻訳されないと思うと悲しくなる。

そのとき、ウィルスン教授が艦の内側からハッチをぬけて出てくると、興奮気味にふたりのところまでやってきた。

「たしかに宇宙船だ」と教授はいった。「あそこの計器は、電磁気周波数の形で距離を測るものだ。どんな物理学者も、ここからアンドロメダまでの数値を読みとれるだろう。あのメーターが、止まる前にどれだけの距離を記録したかわかるかね？　およそ十一光年だよ！」

空間の海に帆をかける船

The Ship that Sailed the Ocean of Space

大森 望◎訳

リムってやつは、ほんとに熱いかたしかめるだけのために、地獄の釜に平気で首をつっこむような男だ。

がっちりした体つきだが、背はそう高くもなく——とかなんとか身体的な特徴を説明しても、近ごろのリムの姿を見るかぎり、あまり意味がない。髪もひげも伸び放題の、無気力な浮浪者風。おれともども、風呂や洗濯という習慣と縁を切って何年も経つから、しじゅうぽりぽり体を掻いている。

おれたちふたりがありついたのはちょろい仕事だった。ここ海王星の外側の軌道を周回する宇宙船に乗り組み、高エネルギー粒子とかそういうのの発生を観測する。というか、リムが観測する。おれは物理なんかちんぷんかんぷんだから、やつがさびしくないように相手をしてやるのが仕事。

お笑いぐさだが、リムとは古いつきあいだし、おれのほうは、仕事に関するかぎり、地球じゃあんまり運がなかった。だから、この楽な仕事をリムが持ちかけてきたとき、二つ返事でOKして、浮き草暮らしに別れを告げたというわけだ。

実のところ、リムは太陽系でもトップクラスの物理学者で、もっとごたいそうな研究をしていてもおかしくない。だが、ロンドン大学素粒子研究所の所長をぶん殴って以来、とんと声がかからなくなり、まわってきた仕事はこれだけだった。もっとも、おれ自身の意見を言わせてもらえば、地球を離れたこの仕事のほうが、他の仕事よりずっといいと思う。

じっさい、ここは申し分ない。地獄と違って外は寒すぎるが、居住区はぬくぬくしていて居心地がいい。殊勝なことに、リムもたまには二、三時間かけて、ちょこまか動く粒子だかなんだかを追尾するが、残りの時間は酒をくらってだらだらしているだけ。ときには喧嘩もするし、それが殴り合いに発展することもある。勝つのはいつもリムだが、いつかは反対にやつを叩きのめしてやろうと思っている。この船には、ふつうの人間の一生分の黒ビールが積んである。一年かけてそれを飲み干したら、地球に帰ってビールを仕入れ、またここに戻る、そのくりかえし。

このまえ地球に帰ったとき、リムは報告書の中身が薄すぎると叱られたが、あいかわらず、仕事に熱を入れているようすはない。

もっとも、だからといってリムを責めるのはお門違いだ。こんなの、リムにとっては退屈きわまりない単純労働で、本来、もっとましな仕事にふさわしいんだから。

船内にいるのに飽きると、おれたちは宇宙服に着換えて外に出て、スーツの給水口から黒ビールを飲みながら、腰を据えて宇宙見物としゃれ込む。宇宙はなかなかの絶景だ。太陽がとても明るい星ぐらいにしか見えないこのあたりでは、とりわけすばらしい眺望が楽しめる。漆黒の闇だが、ぼんやりした暗さじゃなくて、くっきりしている。ただ、見るものが近くになにもないだけ。宇宙は冷たく、さびしい。

でも、そんなことは、リムもおれも気にならない。二人とも人間にはうんざりしているし、地球じゃ、またぞろ禁酒法の施行が噂されているとか。

ともあれ、ある日、そんなふうにして外ですわっていたときのこと。とつぜん、なにかが見えるのに気づいた。

それを指さして、リムに教えた。黒い物体。小さくて距離があるから、特徴は見分けられないが、たしかに星を隠し、光を吸収している。

「おやおや」リムは驚いたようにいった。「たぶん、小惑星だな」

うれしそうな口ぶりだった。このあたりで小惑星を見かけたためしはないが、そういう事態にそなえて、船倉にはちゃんと探査用の爆薬が積んである。リムは火遊びが大好きなのだ。

競争みたいにしてエアロックを抜けると、ヘルメットを脱ぎ、コントロール・ルームに飛び込んだ。まもなく、リムがモニター画面に物体をとらえ、複数の計器で位置を確認した。「時速三十マイルってとこだな」といいながら、リムは補助ロケットを噴射した。

「見にいこう」

「時速三十マイル？　あんまり速くないな」

「この船との相対速度だよ」伸び放題の髪と髭の向こうで、リムがかすかに顔をしかめるのがわかった。「こっちと同じ軌道にいるらしい」

「だったらどうして時速三十マイルも差がある？　同じ速度のはずじゃないか？」

リムはそれに答えず、かわりにビールをらっぱ飲みした。小惑星との距離が縮まると、彼はいらいらと質量計を叩き、ついには激しく蹴りつけた。

「おいおい、どうした？」

「質量計が」と口の中でいう。「いかれてる」

「どういう意味だ？　そんなわけないだろ」

「だって、まるきり反応がないんだぜ。あれに質量がないとでも？　とにかく、これだけ距離が近いんだから、外に出て、じかに調べてみよう」

で、そいつは小惑星じゃなかった。

長さは半マイル、幅はその七分の一くらい。光を反射しない素材で出来た無数の板が重なり合うようにして、その表面を端から端まで覆っている。その物体には妙なところがあった——なんていう言いかたでは控え目に過ぎる。

まずひとつには、かたちが判別できない。かろうじてわかるのは、細長くてあまり幅が広くないということくらい。視覚的に判断しようといくら目を凝らしても、動きもしないくせに、焦点からすりぬけてしまう。こちらの意識にとっては、まるで魚みたいにつかみどころがない。

変なことはまだある。宇宙空間に上下はない。こことそこがあるだけだ。ところが、どういうわけか、その物体に目を向けるたび、見上げているような気分になる。登っていって、てっぺんになにがあるか見届けたい。そんな思いにかられる。

じっさい、リムとふたりでトライしてみた。スーツ・ジェットを使って周囲をぐるぐるまわり、どこが変なのかつきとめようとした。だが、収穫はゼロ。どの角度から見ても同じだった。底から見上げているような、頂上にはなにか違うものがありそうな、そんな忌々しい感覚がどこまでもついてまわる。

とうとうあきらめて、物体に着地した。通話機のスイッチを入れると、リムがスーツの中でぼりぼり体を掻く音が聞えた。

「こいつは」思い切ったようにリムがいった。「自然のものじゃないな。人工物だ」

「ふうん」おれはにやにやしながら答えた。「父ちゃんが教えてくれなきゃ、ぜんぜん気がつかなかったよ」

「いいから黙ってろ」リムは不機嫌そうになにかぶつぶついいながら、向こうへ行って、奇妙な外殻を調べはじめた。しばらくすると、ヘルメットにまた声が響いた。なにか興味を引く発見があったらしく、さっきとは打って変わって上機嫌な大声だった。

「なあ、この材質は妙ちきりんなしろものだぞ。まるっきり音がしない」

「はあ？　宇宙空間でどんな音がすると？」

「グローブで叩いても、なんの反響も伝わってこないってことだよ。それどころか、手ごたえすらない——なのに、押してみると、手はちゃんと、止まるべきところで止まる。なあ、いいか。質量計はやっぱり壊れてなかったんだ。こいつには質量がまったくない！」

「そいつは驚いた！」と皮肉っぽく応じた。

リムが立ち上がり、こっちにやってきた。「ビールが切れた。一本くれ」

黙って一本わたしてやる。ヘルメットからのどへとビールを一気に搾り出す、ぞっとしない音がひとしきりつづいた。

興奮でのどがかわいていたらしい。リムは一パイントを四十秒で飲み干すと、空き瓶を宇宙に投げ捨てた。目をしばたたき、とろんとした酔眼を物体に据える。眼球からビールがにじみ出すのが見えるようだった。

「こいつは船だ」と、リムはいった。「そうとしか考えられない。船だとすれば、船殻の向こうに空間があるはずだ。覗いてみたい」

「粒子を観測してるほうがいいと思うけどな」

「ふう……」スーツの中でリムはぐったり体の力を抜いた。無重力状態でこうするのは、安楽椅子に身をゆだねると同じ。リムはときどきひどく落ち込むときがあり、その時期がまたやってきそうな雲行きだった。

「ここにいてくれ」しばらくしてリムはいった。「道具箱をとってくる」

危うくこっちを吹き飛ばしそうなほど無造作にジェットをふかし、リムは探査船に帰っていった。悪態をつきながら船内をどたどた動きまわり、そこらじゅうひっかきまわしていることだろう。もう半年も研究室に足を踏み入れていないから、どこに何があるか、すっかり忘れているはずだ。ところが、わずか二十分後、リムは道具箱と補助パワーパックを首にひっかけて戻ってきた。

「ヤッホー、戻ったぞ」そう叫びながら、リムはエイリアン船まで十マイルの距離をびゅーんとすっ飛んできた。リムが船に着地したところに行ってみると、彼はすでに船殻にとりついてパワー・ドリルを組み立てていた。

「どうする気だ？」とたずねた。

「穴を開けるんだよ」

「気でも狂ったのか——」と言いかけたところで声を低くして、「なあ、もし中にだれかいるとして、会う気があるなら、とっくに出てきてるはずだろ。脳みそをどこへやった？　そもそも、よそさまの船に勝手に穴を開けていいわけがない。空気が抜けちまう」

「だいじょうぶだってば」リムは軽い口調で答えた。「宇宙を航行できるだけの技術レベルにあるなら、パンク修理ぐらい簡単にこなせる。それに、船体の材質をたしかめるためにちょっとドリルでほじってみるだけなんだから」機械の接続をすませたリムは、かがみこんで、ドリルの先端を船腹にあてがった。

ドリルの先が厚板みたいな船殻にめりこんでいくのをしばらく見物していたが、そのうち気分が悪くて見ていられなくなった。

ふらりとその場を離れ、船体のカーブに沿って向こう側へとまわりながら、そのビール腹みたいな妙な曲面のことをぼんやり考えていた。つい竜骨をさがしてしまうが、もちろんこの船に竜骨なんかあるわけがない。あの妙な錯覚のせいだ。船がまっすぐ立って浮かんでいるみたいに感じるのと同じ。

いや、浮かんでる？　そりゃそうだ、とおれは思った。宇宙空間にあるどんなものだって、浮かんでいると言えば浮かんでるんだからな。

リムのようすを見に戻ろうとしたとき、視界の隅になにか動きが見えた。きらきらする尖ったものが厚板を突き抜けて出てくる……

「リム！」怯えたかすれ声で叫んだ。「おまえのドリルがこっち側に突き出してるぞ！」

ドリルの先端が動きをとめた。「おまえ、どこにいる？」とリムの声。

「五十ヤードくらい先！」

　リムは信じられないとでも言いたげな悪態をつき、ジェット噴射のひとっ飛びでこちらにやってきた。ドリルの先端を見たとたん、リムの目がまんまるになった。「あのドリルは八インチしかないんだぞ。どうして五十ヤード貫通できる？　おまえもその目で――いや、ちょっとここで待ってろ」

　推進ジェットに体をあずけ、リムは曲面の向こうにすっ飛んでいった。「いまからドリルを動かす」声が伝わってきた。「先っぽは動いているか」

「あ、ああ」先端がゆっくり出たり入ったりするのを見つめながら、かすれ声で答えた。

「おまえ、穴を二つ開けちまったんだ！」

「しかし、そんなことはありえない。いいか――先っぽをつかんでちょっとだけ動かしてみてくれ。それではっきりする」

　ためらったすえに、おれは金属製の先端をしっかり握り、押したり引いたりしてみた。

　リムのものとわかる手ごたえがあった。声が耳もとで響いた。「ハンドルが！　手の中で動いてる！」

「怖《こわ》っ」とおれはいったが、声の調子だけでも意味は伝わったことだろう。

「なら、こっちに来い。おれだって怖いよ」

リムにも怖いものがあるとは驚きだが、それを聞いてますます気が急いた。しかし、合流してみると、リムはもう理性をとり戻したようだった。といっても、まだしゃがみこんだまま、わなわな震える手でドリルのハンドルを握りしめている。

「おれの考えを教えてやろうか」こちらを見上げて、リムがささやいた。「この中には空間がない」

「つまり、向こうまでぎっしり中身が詰まってるわけか」

「違う、そうじゃない」リムはいらだたしげに首を振った。「よく考えろ。ドリルは何インチあっちに突き出してた？」

「四インチくらいかな」

「で、おれがこっちから何インチ突っ込んだと思う？　四インチだよ！　こっちで突っ込むと、その瞬間、五十ヤード先に飛び出す。つまり、この船の中には距離がない。距離がないってことは、空間もないってことだ。この船の内部は、空間を持ってないんだ」

長い間。「探査船に戻ろうぜ」おれは力なくいった。

リムは首を振り、口の中でなにかつぶやいたが、それでもドリルを引き抜くと、分解して、帰り支度をはじめた。

そのときだった。ドリルがたわみ、ゆらめいた。固体にはありえない動き。それだけではない。ドリルを抱えたリムの腕までもぐにゃぐにゃと揺れ動き、まるで気流に巻き込まれた煙のように流れ出した。自分の腕が奇怪なかたちにねじれるのを見て、リムは獣じみた悲鳴をあげた。

今度は宇宙服まで蕩けはじめた。それはまるで、ドリルで開けた穴の中にリムが吸いこまれていくような感じだった。そうとしか見えない。

「逃げろ、リム」おれは叫んだ。しかし、助けにいく勇気はなかった。

リムはつかのま、引き伸ばされて流れ出す自分の体を不思議そうに見つめていたが、やがてジェットを噴射した。なにがどうなっているのかもわからないまま、おれたちはそれぞれに探査船へと一目散に飛んで帰った。どちらも相手のことを考えている余裕などなかった。無我夢中でエアロックを抜けると、先に着いたリムが居住エリアで待っていた。

「リム」あえぎながらいった。「早かったな。大丈夫か?」

「あたりまえだ!」リムはむっとしたように切り返した。「このとおりぴんぴんしてる。変形していたのはおれじゃない。おれが占めていた空間のほうだ」

リムの体を仔細に見つめたが、変形の痕跡はどこにもなかった。頑丈で不健康で反吐が出そうな、いつもどおりのリムだった。

リムはビール瓶の王冠を歯でこじあけると、胸にこぼれるのもかまわず、ひと息に流し込んだ。おれもリムにならってさっそく一本あけた。シャワーがわりに頭から浴びたいくらいらいのうまさだった。といっても、シャワーを浴びたいわけじゃないが。

「わからないか?」寝椅子にごろりと横たわり、リムはのどを鳴らしながらいった。「空間だ。空間があの穴の中に流れ込んだんだよ。あの中には空間がなかった。おかげで、ひとつわかったことがある。空間は液体と同じ性質を持っている」

「空間ってのは、ただの無だと思ってたけどな」おれも、のどを鳴らしながらいった。

「空間には構造がある」リムは真剣な口調でいった。「方向——東西南北、天頂に天底。それに距離もある。ちょと待った!」熟れきった茶色の目が唐突に光を取り戻した。リムは寝椅子から飛び出し、外部スクリーンぜんぶのスイッチを入れた。「見ろ! 恒星宇宙はすべて、空間に含まれる。すべてだ! 例外は……」声が小さくなり、また例のぶつぶつというつぶやきになった。握りしめていたビールの空き瓶を床に投げ出し、あっちこっちに積みあげてある箱からもう一本とると、むっつり考えこんだようすで、のろのろと寝椅子にとってかえした。

「わからないのは」おれはざっくばらんな口調でいった。「なんであれを見るとギリシャのガレー船を思い出すのかってことだな」

こぢんまりしたこの居住エリアに戻って、ほっとした気分だった。ここは照明が抑えてあり、床に散らばる腐った食べ残しとその臭いさえ気にしなければ、居心地がいい。あのエイリアン船を見たことを忘れられたら、最高に落ち着ける場所だ。あれのせいで、お定まりの日常が乱されてしまった。

「まあいいや」おれはなぐさめるようにいった。「怖い思いをしたが、それも済んだこと。さあ、飲めよ。もう一本行こうぜ」

　だが、リムの機嫌はなおらず、おれたちはいつのまにか無言の飲みくらべに突入していた。ここ、海王星の彼方で仕事について以来、こんなことは何度もあった。とくに、地球の人間社会で暮らしていたころの記憶や不幸に思いを馳せているときには。しかし、ここまでむっつりとやけ酒を飲むリムを見るのは初めてだった。

　数時間たったころ、リムはどうにか体を起こし、苦しげな息を吐きながら、ろれつの怪しいだみ声でいった。「あの船……あれがどういう船か、おまえはわかってない。あれは空間の上に浮かんでるんだ。船が海の上に浮かぶみたいに。あれの本体はこの宇宙の外、この次元の外にある。あの船は、この次元の上に浮かんでる。おれたちに見えているのは、喫水線――じゃなくて喫空線より下の部分だ」

「しかし、あれに重さはないんだろ」朦朧とした状態で反論した。このころにはもう、二人ともすっかりできあがっていた。

「この世界での重さはなくても、向こうの世界版の重さがあるんだよ、莫迦。いやはやまったく！　海のかわりが空間なら、空気のかわりはなんだと思う？　もうひとつ。あいつらにとって、おれたちはなんだと思う？　海の中にいる魚だよ。水面には絶対に行きつけない」

リムはよろよろと手探りで近づいてくると、おれの肩をつかんだ。「なあ。こんなチャンスは二度とないぞ」

「チャンス？　なんの？」

「空間がないところがどういうものか、この目で見るチャンスだ。おれはあの船の中に入るぞ」

「しかし、そんなことできるわけないだろ」

「どういう意味だ、できるわけないって？　このおれ、偉大なるリムさまに、なにができるか教えてくださるのか？　おれがいなきゃ、おまえはそもそもこの仕事にありつけやしなかった。あいもかわらず、地球でスラムの路地をはいずりまわってたはずだ」

酔いのまわったおれの目にも、リムがいつもの泣き上戸ステージにさしかかっているのがわかった。次はすぐに自己憐憫ステージに到達する。止めるすべはないし、まあ、一種の余興だと思えば害はない。しかし、リムがこの状態でひねり出す、半分いかれた計画については話が違う。危険きわまりない。

「なあ」と、なだめるようにいった。「そもそも、どうやって船に入る？　入口なんかないだろ。ラボにこもってしばらく過ごせば……」

「ああくそ！」茶色っぽい大粒の涙がリムの目からこぼれ落ちた。「大きなプロジェクトからことごとくつまはじきにしやがって！　こんな辺境に追いやれば、なにもできないと思ってるだろうが……」

「世に容れられないのは天才の宿命だよ」となぐさめた。

「だがリムさまは、やつら全員が腰を抜かすような大発見をしてやる！　空間の構造を解き明かすんだ！　おまえはその生き証人だ」

「しかしなあ。中に入る手段もないし」

「手段がない？　はっ！　爆薬が二、三オンスもあれば道はひらける。あとは、まわりの空間が穴からどっと流れ込む前に中に入って、観察……かんさつ……」

声がいつものつぶやきになってとぎれた。おれはぎょっとして立ち上がった。こいつ、ほんとに酔ってやがる！「でも、船の連中はどうなる？」

にらみかえすリムの顔には、いままで一度も見たことがない、卑しい表情が浮んでいた。このときはじめてわかった。身から出た錆とはいえ、自分に対する社会の仕打ちに、リムがどれほど大きな恨みを抱いているか。リムはいま、社会が押しつける倫理観の圧力をはねのけて、我を通そうとしている。

「船の連中？」と吠えるようにいう。「空間が少々流れ込んだぐらいで死にやしないさ。科学の発展のためだ！」

おれは最大限の重々しさで首を振った。「だめだ」

「おまえ、リムさまに指図する気か？」ぼさぼさの頭を振り、リムはおれの鼻づらをこぶしで殴りつけた。よろめきつつも、おれは痛みをこらえ、脳天から飛び散る火花をすかしてまわりを見ようとしたが、椅子につまずいた。リムが追ってくる。その突進を避けて、横に転がった。やつを殴れるものはないかと必死であたりを見まわす。あった！

空き瓶だ。手をのばせば届くところに一本落ちていた。立ち上がったとき、おれはその瓶を握りしめていた。

リムは前傾姿勢をとっている。やつの手にも瓶があった。「いよいよビール瓶の出番か」吐き捨てるようにいうと、テーブルの角で瓶を割った。二人の喧嘩がここまでエスカレートしたのははじめてだ。

「リム――」おれはあわてた。「長いつきあいじゃないか」

あとずさりして壁にはりつく。驚いた拍子に得物は落としてしまった。リムはおれを追いつめると、ビール瓶のぎざぎざの断面をこちらに向け、二、三度、これみよがしに突き出す仕草をしてみせた。最後の瞬間、リムは瓶を放り投げ、過去最高のアッパーカットをおれのあごに叩き込んだ。

そういうわけで、しばらくのあいだ、おれは探査船を離れて夢の国をさまよっていた。気がついたのは、リムが宇宙服に着換えて船を出ていったあとだった。どれくらい時間が経ったかはっきりしないが、せいぜい五分か十分だろう。

しかし、こっちはグロッキー状態で、追いかける気力もない。うめき声をあげて立ち上がり、しばし情けなさを噛みしめた。それから、今度は寝椅子の上でまたぐったりした。頭ががんがんしているのは、ビールのせいばかりとは思えない。

生まれてはじめて、良心の呵責を感じた。なぜそんな感情がこみあげてくるのか、さっぱりわからない。良心の問題を背負い込むべきは、おれじゃなくてリムのはずなのに。鏡の前までよろよろ歩いていって、ふらつきながら長いこと見つめた。鏡に映る姿は、見るからにすさまじいものだった。

「ひどいありさまだな」みじめな気分で自嘲した。「これじゃ、リムとどっこいどっこいじゃないか」

いや、たぶんそこまでひどくはないな。そう自分をなぐさめてから、リムはどうしているだろうと思ってメインスクリーンのスイッチを入れ、エイリアン船を映した。倍率をすこし上げると、相棒が船尾の下のほうでごそごそやっている姿が見えてきた。ほどなく、リムが船を離れたかと思うと、鮮やかな爆発が起こり、船の構造材の一部がきれいに吹き飛んだ。

リムが矢のようにとってかえして、大穴の中に滑り込んだ。そのわずか数秒のあいだにも、まるで急流に呑まれたようにやつの姿がねじれ、ゆらめくのが見えたが、次の瞬間、おれの興味はよそに移った。船そのものに起こりつつあることに、目を奪われてしまったのだ。

空間が穴からどっと流れ込むと同時に、エイリアン船は沈みはじめた。つまり、もっと大きな、意味のあるかたちをとりはじめ、威風堂々としてきた。船体がさらに沈んでくるにつれ、外観の謎がとけ、とうとうおれたち魚の目にも、船の真の姿が明らかになった。たしかに、竜骨がある。そして、舳先から舷側、船尾にかけてのゆるやかなカーブ、さらには舵取りオールまで見えてきた。

空間の流れが船の中やまわりで渦を巻き、それにつれて、船の実体がゆっくりとこの宇宙にめりこんでくる。そして、船が完全に沈没したとき、それが見えた——甲板、溺れた水夫たち、大きく広がる四角い帆。

それから、船が運んでいた貴人たちの姿が目に入った。詩人のような顔立ちの若者。首に黄金の飾り輪をつけ、権威の証となる短剣を佩《は》き、美しい女性の体に片腕をまわしている。その女性は髪をきらびやかに飾り、流れるようなゆったりしたローブに身を包んでいた。ふたりとも、死の安らぎの中、いまはすっかりくつろいだ表情だった。身長は、ともにおよそ三十フィート……。

数分のうちに、船はこわれはじめた。小さな人影がひとつ、圧壊してゆく船底の亀裂をすり抜けて、姿をあらわした。反射的に通話機のスイッチを入れると、荒い息遣いが聞こえた。なにも問題はなさそうだ。リムはジェットをふかして船からすこし距離をとると、漂う貴人と貴婦人を見上げた。二人の優美な姿とは対照的に不格好な一寸法師。

空間中に深く沈むにつれて貴人たちの体はばらばらに分解し、くるくる回転する粒子、つかのまのきらめき、無数の泡となって消えてゆく。船もまた水浸し——というか空間浸しになり、粉々に砕けて非在へと雲散霧消していった。

「ああくそ」リムの声は震えていた。「おれは人殺しだ」

十分後、外部スクリーンに映るのは、なにもない漆黒の宇宙空間だけになった。やがて、エアロックからどたどた入ってきたリムは、空間がないとはどういうことなのか、結局わからずじまいだったと不機嫌にいった。

そして、おれたちは酒盛りに戻った。


『帆船を発見。撃沈する』

リムが今年の研究報告に書いた文章は、これがすべてだ。そのせいでふたりとも職を失う羽目にならないことを祈りたい。これだけちょろい仕事をよそで見つけようと思ったら、よほどの運が必要だろう。とはいえ、ビールはさしあたりあと三カ月もつことだし、先のことは先のこと。

じつのところ、ビールは二カ月で飲み干してしまいそうな勢いだ。いや、悪くすると一カ月。

このあいだ、リムが笑いながらいった。「あの体験から、まだ立ち直れないよ。空間が液体に相当するような生物！　連中の飛行機を見てみたいもんだ」

「そうだな」おれは答えた。「しかし、もしやつらが潜水艦を思いついたら？」

死 の 船

Death Ship

中村 融◎訳

朝食の席で息子が泣きだしたとき、ティーシュンは憤懣をつのらせただけだった。十四歳にもなって、めそめそ泣くなんて！

前線からの報告を見るという朝の儀式を通じて、学校の通知表は開かれないままテーブルの上に置かれていた。少年は明らかに不安げで、画面に映しだされる地図や、深い塹壕をなめていく映像や、夜戦の輝きと閃光をうつろな目で眺めていた。報告が終わると、ティーシュンは悠然とロールパンを平らげ、コーヒーを飲んだ。それから、ようやく封筒を開き、通知表にさっと目を走らせると、顔の前にかかげた。

あんのじょう、成績は悪かった。叱責の言葉が滔々と流れだすのを、彼は止めようともしなかった。息子は頬を真っ赤にし、うなだれて、しまいにはおいおい泣きだした。ティーシュンは嫌悪感も露わにテーブルを離れ、出かける準備をした。

憂い顔の妻が、眉間にしわを寄せながら通知表に目を通した。ドアのわきでコートのボタンをはめている夫にうやうやしく近づいて、

「なかにはとてもいい成績もあるわ、あなた。たとえば──」

「その話はするな」ティーシュンが妻の言葉をさえぎった。少年はグラフィック・アーティストを志している。それを思うと、ティーシュンは憤怒に駆られるのだ。「そのたぐいのアーティストや退廃分子は、ヨーロッパ・リーダーのお役には立たん。必要なのは技術者だ。あの子は物理学者になるのだ、父親のように」

「でも、素質がないのよ！」

妻が苦しげにつぶやいた。ティーシュンは身をこわばらせ、両腕をわき腹にくっつけた。

「わたしの遺伝子を批判しているのか？」

「とんでもない、もちろん、ちがうわ」

妻はあわててそういうと、目をそらした。ティーシュンは怯えている息子に指を突きつけ、

「あの子みたいな人間のために矯正収容所があるんだ。そのうちのひとつで、魂に鉄を入れてもらってもいいんだぞ」

妻子の茫然とした顔には目もくれず、ティーシュンは家を出た。回廊には、彼を仕事場へ送り届ける専用の車が到着していた。ティーシュンはひとつしかない座席におさまり、

落伍者になる徴候を見せているひとり息子を持った苦しみを嘆いた。

今日《こんにち》の世界において、本物の男には一種類の仕事しかない——科学の仕事、技術の仕事だ。当初から彼はペーターを正しく感化しようと懸命に努めてきた。それなのに息子は軟弱で女々しい人間になりつつあるように思え、失望するやら、恥ずかしいやらだった。息子になってほしいのは第一級の理論科学者、人類への貢献を確信して、ヨーロッパ・リーダーの御前に立てる科学者だ。

天才を作るには三世代かかる。それはヨーロッパ・リーダーの口癖のひとつだ。ティーシュンは、自分がその梯子の第一段でしかないことを内心では自覚していた。彼自身の両親は科学者ではなかった。彼がいまの地位についたのは、ひとえに刻苦勉励のたまものである。技術の前線において、彼は申し分なく信頼できる——それは否定できない。しかし、理論の前線においては馬車馬、〝チームの堅実な一員〟でしかない。あれだけ助けてやったのだから、息子にもっと期待しても罰は当たるまい。

息子の頭からたわごとを叩きださねばならない。たとえ矯正収容所へ入れることになっても。同時にペーターの学校に指示して、すべての〝芸術家気どりの〟講座から息子をはずしてもらおう。

ティーシュンが必死に気を落ちつかせようとしているあいだ、車はカルコフ要塞都市として知られる地下都市を蛇行しながら進んでいった。ヨーロッパの死活にかかわる仕事に従事しているとき、個人的な問題はわきにやらなければならない。〈物理学プロジェクト九号〉の入口を護《まも》っている分厚い鋼鉄のシャッターが横へ開き、車を通した。数分後、白衣に着替えた彼は、試験区画で同僚たちに合流した。設計課長のファーガスン、課員のマーレイ、デ・クルイフ、アンホーキン。ティーシュンと並んで、工学班との連絡を主な仕事にしているルヴォー。プロジェクトのリーダーで、首席理論学者であるザミョートフはまだ来ていない。

集まった一同の頭上には、金属とセラミックから成る銃弾型の乗りものの船体があった。彼らが協同して創りあげたものである。それはトンネルの入口でレールの上に乗っていた。〈死の船〉、と彼らは密かに呼んでいた。もっとも、官庁用語では未来航行船といったが。最初のテストはレーニン月の十日に予定されていたが、もし噂されるクリーヴズ上級大臣の訪問が実現するなら、決行日が思っていたよりも早まるのはまちがいない。

部屋のスピーカーが不意に咳きこんだ。ゆったりしたアナウンサーの声が流れだす。

「謹聴せよ、同志諸君。四級以上の人物証明のなされた全市民に対して、ヨーロッパ・リーダーが以下の声明を発せられた」

その言葉につづいて音楽がひとしきり流れ、数秒後にプツンと途切れた。沈黙を破ったのはしわがれ声。まれにしか聞けないヨーロッパ・リーダーの、ぞくぞくするほど自信にあふれた声だった。スピーカーの上のスクリーンは空白のままだ。リーダーの尊顔を拝める機会はめったにない。

「市民諸君！　血の絆で結ばれた同志たちよ！　戦争の遂行において重要なニュースを伝えるのは、わたしの義務である。前線での膠着状態を打破しようと試みて、敵が第三度、さらには第四度の兵器の使用を検討しているとの報告があった。こうして敵が不文律を破るなら、われわれが同種の反撃に出ることは確約しよう。

ところで、通達を受けた者のうち、まだ指令を実行していない諸君は、要塞都市での居住をはじめられたい。

そなえあれば憂いなし——わが方は強大であり、打倒される恐れはない。戦争の目的は最終的に達せられるだろう。シベリアの領土を奪還するのだ。われらが意志の勝利を妨げられるものはない。なぜなら、北方世界に対する白人種の権利は奪うことができないのだから。同志諸君、わたしの言葉を胸に刻みこむのだ」

すぐに音楽が再開された。ヨーロッパ・リーダーの締めくくりの訓令は、いつもながら放送終了の形をとった。しばらくだれも口をきかなかった。リーダーは民衆に心がまえをさせているのだろう、とティーシュンは察しをつけた。これまでほのめかしてきた人口密集地への攻撃ではなく、前線でのおびただしい数の死傷者に対して。高度な兵器——ガス、細菌、放射能を大量放出する核——は、そもそも使われるとしても、戦闘地域にかぎられることはまずたしかだ。過去の経験から判断すれば、そのときでさえ、すぐに中止されるだろう。そういう攻撃がどれほど高いものにつくか、両陣営ともすでに学んでいたのである。

「突破システムの話は出なかったな」マーレイがぽろりともらした。

ティーシュンは肩をすくめ、「そんなものはないからさ」といった。それはむかしからの悪夢だった。同じ地点を標的に水爆弾頭をつるべ撃ちにし、要塞都市の岩のおおいと防護蓋にトンネルをうがつという戦術だ。そのようなシステムを先に完成させた側は、相手に対して全面攻撃を仕掛けるだろう、とむかしから考えられていた。その攻撃に耐えられるのは、スイス・アルプスの地下深くに位置するリーダー要塞都市だけだという。

じっさいは、必要なミサイルの流れを維持するという問題は、解決不能も同然だった。防衛手段だけではなく、先行したミサイルの爆発で生じる崩壊にも妨害されるからだ。効果的な突破システムを目にする日が来るとは思えなかった。

瘦身で陰気なザミョートフ――彼自身がシベリア難民――が部屋にはいってきた。

「噂は本当だ」彼はいった。「クリーヴズが視察に来る。われわれがなにをしているか、明快な説明を求めるだろう」

デ・クルイフが死の船に寄りかかり、にやりと笑った。

「さて、弱りましたね。官僚に非・等冪性《とうべき》をどう説明します?」

「弱りはしませんよ」ティーシュンが苦々しげに答えた。死の船の冷たい船殻をこぶしで叩き、「形而上学もけっこうですが、しょせんは机上の空論にすぎません。肝心なのは技術なんです」

等冪性。この概念はアリストテレスまでさかのぼる。意味するところはきわめて単純。ものはそれ自体と同一である――明々白々の事実なので、ふつうの人間なら、わざわざ口に出そうともしないだろう。数学的論理の用語にいい換えれば――AとAの共通集合イコールA、かつAとAの和集合イコールA。またの名を等冪の法則。

〈物理学プロジェクト九号〉では、歴史を通じて人類を悩ませてきたある疑問に答えが出た、と信じられていた。つまり、物理的な現実性《リアリティ》をそなえているのは現在だけなのか、それとも過去と未来もなんらかの形で現実《リアル》なのか、という疑問である。もあれ、未来が現実であることはいまやわかっている。しかし、ある重要な一点で現在とは

未来は非・等冪だったのだ。

そこにはみずからと完全に一致するものがない。同一性とは異なっていないということだ。未来に個別のものがそもそもちゃんと存在するのかどうか、にわかに判断がつかないのである。

そして未来の状態――明日の出来事の実現をさす〝現在未来〟と区別するため、〝絶対

未来〟と呼ばれている――への旅が可能であることも立証されていた。そのような移行がどんなものなのかは、まだわかっていない。しかし、すべてはある策略にかかっていた。つまり、等幕性を失いさえすればいいのだ。

ある策略。ティーシュン個人としては、プロジェクトの〝形而上学的《メタフィジカル》〟（と彼は呼んだ）な基盤全体に不信の念をいだいていた。等幕性の表現は数学理論にかかわっているものの、自分たちが作りあげた物理的《フィジカル》な装置はそれに依拠していない、とティーシュンは指摘した。彼はその概念をファラデーの力線になぞらえた――現実の表現というよりは説明に役立つ記述なのだ、と。

絶対未来の本当の状態がいかなるものかは、そこへ着いたとき明らかになるだろう。

技術革新大臣を務めるクリーヴズ上級大臣は、一時間後に到着した。ティーシュンは彼を盗み見て、強大な権力の化身に魅せられた。ここにいるのは、どんな相手も思うままにできる男なのだ。大柄で筋肉質。丸顔は年齢の割には驚くほどなめらかで、少年めいているとさえいえそうだ。小さな冷ややかな目は、時代遅れの分厚い眼鏡レンズの奥で動かないように思える。抑制された獰猛さといった雰囲気をまとっており、それは以前にもティーシュンが主要な大臣たちのなかに見てとったものだった。ヨーロッパという国家の政治的気風の一部なのだ。

一同は小さな会議室にはいって着席した。上座についたのはクリーヴズ。進捗状況の説明というありがたくない役まわりは、ザミョートフの身に降りかかった。彼は心もとなげに説明をはじめ、ティーシュンが満足したことに、等冪性の解説を試みようとしなかった。

「時間は砂時計のようなものとして考えることができます。上の容器にはいっている砂は未来を表わします。可能性のある事象の容器です。未来は現実の状態として存在し、いわば現在と境を接していますが、事象と実在という点では未確定です。さて、砂時計の首が非常に狭いため、いちどにひと粒の砂しか通れないと考えてみれば、現在という瞬間がなにからできているかわかってきます。さまざまな形であり得た事象は単一の事例となり、結果的に、それなりに未来と同質の過去へ流れるのです。

過去へ旅することはできません。それは固定されており、変化しません。したがって突入できないのです。未来はべつの問題です。われわれの世界からの侵入を妨げるものはありません。一過性の現在という特別な状態からぬけ出せればの話ですが」

しゃべるうちに、ザミョートフの声に自信がみなぎるようになっていた。クリーヴズが小さな目を細くした。このすべては彼にとってどれくらい意味があるのだろう、とティーシュンは思った。上級大臣になるためには、頭の回転の速さと、事実を迅速につかむ能力が欠かせなかったはずだ。しかし、彼の心は本人が現実の世界とみなすものに集中するだろう——等冪という意味が目に見える唯一の世界に。

「それなら未来に影響をおよぼせるわけだね？　直接の影響を。それを通して、現在未来にも影響をおよぼせるのだね？」

「仰せのとおりです、大臣閣下。それがわれわれの希望です」

たしかに、そこに希望がある。だからこそ、あらゆる必要な資材がこのプロジェクトに投入されるのだ。つかの間の現在を通して目的を達成するために苦闘するまでもなく、目的達成にまつわる試行錯誤もなしに、未来を直接制御できる国家という夢。

クリーヴズはうなずいた。彼はしばらく無言だった。ふたたび口を開いたとき、その声はおだやかだったが、きびきびとしていて、押しの強さをうかがわせた。

「それなら」と彼はたずねた。「死の様相はどうだね？」

ザミョートフは口ごもった。この件は非公式な報告書のなかでしか触れられていなかったのだ。

「われわれのなかには」と彼は言葉を選ぶようにして答えた。「絶対未来は死の状態であるという見方をする者がいます。つまり、肉体の死にさいして人間の意識は――」

彼は自分を抑えた。意識は非・等幕になるといいかけたのだ、とティーシュンにはわかった。

「――可能性という未来の状態に解放されます。たしかに、これを思い描くことは困難です。プロジェクトの関係者は、未来航行船を密かに死の船と呼んでいます。なぜなら、死の領域への旅を可能にしてくれるかもしれないからです」

　上級大臣がふたたび黙りこみ、強制的な沈黙が全員の上にのしかかった。

「ヨーロッパ・リーダーは死に格別の関心を寄せられている」ようやく上級大臣がいった。

「その主張の正しさを証明すれば、諸君はたいへんな名誉を期待してかまわない。リーダーに拝謁することがかなうだろう」

　彼は科学者たちひとりひとりを順番に見て、視線を合わせていった。ティーシュンは、とりとめのないもの思いにふけっていた。また息子のことを考えていたのだ。もし国家が絶対未来を操作して目的を達成できるなら、自分が個人的にそうできないわけがない。自分はペーターを正しい道につかせようと必死に努めてきたが、これまでのところうまくいっていない。代わりに、息子の未来に直接手をのばし、形作ることが可能だとしたら……。

　加速器はいまこの瞬間も暖機運転中だ。クリーヴズは最初の有人試験航行に立ち会うと約束している。とはいえ、チームは本来のスケジュールを守りたがるだろう。アンホーキンとデ・クルイフがそのために選ばれている。

　もしプロジェクトが真価を証明すれば、そのあとプロジェクトは拡張され、ティーシュンの出る幕はなくなるだろう。左遷されるはずだ。激しい切迫感がこみあげてきた。勢いこんで身を乗りだす自分の姿が見えた。こういう自分の声が聞こえた。

「来たるべき試験の被験者に志願したいと思います」

「静かにしてもらえないかな、ティーシュン」ザミョートフがいらだちで眉間にしわを寄せていった。「その件は決着ずみだ」

ティーシュンは彼を無視して、クリーヴズにまくしたてた。霊感が働いて、表情を芝居がかった、かすかに獰猛なものに変える。ヨーロッパの気風を示すものであり――クリーヴズ自身が頻繁にしてみせる顔つきだ。彼は情熱をこめて、不作法すれすれの口調でしゃべった。

「選抜された二名のどちらよりも、この件に関しては、わたしのほうが適任です、大臣閣下。同僚たちのほうがわたしよりも優れた理論的精神をそなえています――その点に関して異論は出ないでしょう。わたし自身がそれを認めます。したがって、実験が悲劇で終わるようなことがあっても、わたしならチームにとって損失がすくなくてすみます。ゆえに要求いたします、大臣閣下、民族の役に立つため、この命を捧げるお許しをいただきたいと！」

ザミョートフをはじめとするチームのメンバーが、彼のふるまいに愕然として見つめるなか、ティーシュンはもっと落ちついた声でつけ加えた。

「さらに、製作チームとの連絡役を果たしておりましたので、機材についてもわたしのほうが詳細に通じています」

クリーヴズが彼をしげしげと見た。ティーシュンには、上級大臣の心の内が見透かせそ

うだった。（こういった科学者タイプは、得てして軟弱で不平屋だ。すくなくとも、ここに根性のすわったやつがいるな）
「よかろう」上級大臣がいった。「許可する」
ティーシュンは椅子にもたれかかり、勝利のため息を抑えこもうとしたが、抑えきれなかった。

身体―頭脳モニター・スーツの詰めもののせいで、ティーシュンとデ・クルイフは不自然なほどかさばって見えた。ふたりは実験区画のなか、死の船のハッチのわきに立っていた。ティーシュンは、船が走行することになるトンネルの黒々とした口を思わずのぞきこんだ。すると不安のわななきが、はじめて全身を走りぬけた。

トンネルは、全長百キロメートルにおよぶ素粒子走路の中心に通じている。〈プロジェクト九号〉がカルコフに置かれた理由はここにあった。巨大なカルコフ加速器を用いて、史上はじめて陽子を構成クォークに崩壊させたのである。じっさい、そのような離れ業を演じられるのは、世界にカルコフ加速器ただひとつだった。

陽子崩壊という偉業が達成された上に、クォークがきわめてとらえどころのない理由も明らかになっていた。現在時間に関してクォークはぼやけている。それは厳密な意味での素粒子ではまったくなく、未来と過去との交点――砂時計の首――のまわりをうろついている疑似素粒子であって、非・等冪の未来から分化する第一段階なのだ。クォークが完全に等冪になるのは、電子、陽子、中性子といった現在瞬間の素粒子に閉じこめられたときにかぎられ、結合してそれらを形作る——膨大な結合エネルギーゆえに。

そして、それゆえに未来航行船が実現可能となった。陽子崩壊はクォーク輻射流束《フラックス》を創りだす。現在瞬間からの変移、絶対未来への扉を。手はずは驚くほど単純だった。

ザミョートフの声が壁面スピーカーから聞こえてきた。

「時間だ。乗船せよ」

ティーシュンは司令室の窓を見あげた。ずらりと並ぶ顔がこちらを注視している。まんなかがクリーヴズだ。ティーシュンはある衝動にとらわれた。彼は閣僚に顔を向け、片腕をあげて敬礼した。彼の声がひびきわたり、壁面マイクロフォンに拾われて司令室まで運ばれた。

「ヨーロッパ・リーダーにお伝えください、大臣閣下、われわれは時間と死という双子の謎を解きに行きます、と」

デ・クルイフが先行し、手をのばして体を引きあげ、ハッチをくぐった。つづいてティーシュンが小さな船室にはいった。座席がふたつ、計器パネルの前に横並びにボルト留めされている。ふたりは座席につき、安全ベルトを締めると、スーツからぶらさがっている短い臍の緒《アンビリカル》コードをブラック・ボックス・レコーダーにつないだ。

操縦装置はない。船を時速六百キロまで加速するスイッチは、ザミョートフ自身が入れることになっている――旅は全体で十分しかつづかないはずだ。

死の船はレールの上を移動してトンネルにはいり、長いカーヴを悠然とまわった。カーヴが直角になり、長さ百キロにおよぶ一直線のフラックス・チューブにつづく。ティーシュンは、心臓が早鐘のように打ち、呼吸が荒くなっているのに気づいた。パニックを抑えこもうと必死になり、かたわらで落ちつきはらっているデ・クルイフから力をもらおうとした。

いったいなにを経験するのだろう？　なにが見つかるのだろう？　自分の場合、なにを探しているのか、ティーシュンは承知していた。

息子だ。未来の息子だ。

エアロックを通過し、クォーク走路にはいったところで死の船は停止した。それぞれが周長八十キロもある二基の陽子加速リングが、いま対向する陽子の噴流を光速すれすれの速さで衝突チェンバーに噴射している。結果として生じる自由クォークが、反対端にある収集装置まで走路を疾走しており――そこでおたがいを探しだし、再結合して、いまいちど陽子になる。ザミョートフの指令を受けて、船がエンジンの咆哮とともにいきなり前方へ突進し、ふたりの男を座席の背に叩きつけた。銃弾型の船が、クォーク・フラックスにつつまれたチューブを飛ぶように走っていく。

一分ほどあとに圧力が消えた。加速が終わったのだ。以前の実験の置き土産で、フラックスの通り道には固定した物体があった。現在瞬間から遊離して浮遊しているのだが、クォークの靄《もや》を越えてはいない。その答えは、周囲の岩と相対的に加速させることだと判明した。それらの動きは未来方向への運動力に翻訳され、絶対未来は航行可能かもしれないという希望をあたえてくれるのだ。

デ・クルイフは計器ダイアルのひとつを見ていた。現在位置——つまり、いまいる時間——を教えてくれることになっている計器だ。

「これによれば、本船はクォーク領域の上端にいる。なにか異常を感じるか、ティーシュン？」

「いいや」

「航行開始から一分半」デ・クルイフが抑揚をつけてレコーダーにいった。「異常を感知せず」

しかし、ティーシュンはなにかを感じていた。

最初は確信がなかった。夢かとも思った。しかし、デ・クルイフも同じ感覚にとらわれて、周囲を見まわしていることにやがて気づいた。

「この船にはおかしなところがある」とデ・クルイフがいった。

デ・クルイフにもおかしなところがあった。ティーシュンは横目で彼をうかがった。デ・クルイフは、いわば無数のページから成る本のようなものだ、というしっかりした考えが脳裏に浮かんだ。それぞれのページがデ・クルイフだ。その一枚を破りとり、投げ捨てることができる。どのページを破りとってもかまわない――それでも、デ・クルイフのページは無数に残るだろう。

この船。どこへでも行き、それ自体をあとに残すことができる。そして前よりも大きくなったように思える。それとも、小さくなったのか？

（非・等冪だ。これがそういうことにちがいない）ティーシュンはぼんやりと考えた。

（ザミョートフや、ほかの者たちのいうとおりだ）

計器パネルには、やはり操縦装置がついていた。ジョイスティックがパネルから突きだしているのだ。船は操縦できる。

彼はジョイスティックに手をのばした。まず右へ、ついで上へスティックを動かすと、未来航行船がガクンとかたむき、急角度で上昇した。

つぎの瞬間、デ・クルイフがシートベルトをはずしにかかった。立ちあがると同時にアンビリカル・コードを引きぬく。それから船室の後部へのしのしと歩いていった。ティーシュンは彼を目で追った。デ・クルイフは動くにつれ、背後に自分自身を残していく。デ・クルイフの連続したかたまりが背後に列をなし、ゆっくりと消えていった。

ずらりと並ぶデ・クルイフの最後に連なる者がわきへより、ふり返ってティーシュンと顔を合わせた。スーツの内側のどこかから銃をとりだす。

（そうすると、デ・クルイフは銃をもらっていたのか）ティーシュンは苦々しげに思った。同じ死の船に乗りあわせた仲間が、こちらをひたと見つめている。その表情は判然としない。

「そんな風に跳ねまわるのはよせ。きみの居場所がよくわからない」

「跳ねまわってなどいない」ティーシュンはおだやかな声で告げた。

「もちろん、跳ねまわっていない」

ティーシュンはできるだけ身動きせずにすわったまま、相手を注意深く見つめた。

「なんで銃を？　そんなものは必要ない」

「きみは精神の安定を欠いている、とザミョートフは考えている。きみが正気を失ったら、撃てといわれているんだ」

「だが、わたしがどんな害を加えられるというんだ？」

「本船が真空中にいるあいだに、ドアをあけようとするだろう」

「だが、わからないのか、本船はもう走路上にはないんだ。クォーク領域をあとにした――ここは絶対未来だ。本船は上方象限を飛行中だ」

デ・クルイフが近寄ってきて、ダイアルを凝視した。

「計器はそういっていないぞ」

「もちろん、いってるさ。針が目盛りからはみだしているんだ」

船は、そんなところまで行けるとはだれも信じなかったほど遠くまで来ている。ティーシュンはそう確信していた。彼がすわっているうちに、船の壁が透明になったように思えた。その向こう側に景色が広がっており、彼の目は必死にそれを理解しようとした。ここには、と彼は自分にいい聞かせた。みずからの同一性の内部におさまっているものはない。漠然とした色の斑点のような、ぼんやりと輝く光が近づいたり遠のいたりしている。光り輝く都市、建物の巨大なかたまりが、わきを過ぎていくのが見える気がした。

彼はふたたびジョイスティックを握り、死の船に大きな弧を描かせた。探していたのだ。もちろん当てはないが、もし試せば、どういうわけかペーターが見つかるという思いが頭のなかにあった。

もし見つかったら、なにかを変えられるだろうか？　ひょっとしたら、この奇妙な非物質の領域では、意志さえあればいいのかもしれない……。

旋回中に死の船はなにかにぶつかった。障壁か膜だが、貫通できそうだった。最初に透明になったのは船の壁だった。こんどは彼の頭蓋骨、頭脳の壁だ。外の光景が彼の精神に侵入しつつあった。両者のあいだにもはや仕切りはない。

等幕性云々は正しかったのだ。

そしてほかにも正しいことがあった。等幕であるものは変えられないのだ。

たとえば、人間の一生。

ベルリン要塞都市の病院に横たわる自分自身が見えた。七十四歳で、つぎの看護スタッフが当直を引き継ぐ前に狭心症で死亡する気むずかしい老人だ。彼は思いだしていた——あるいは、ひょっとしたら、等幕未満の観察者として目撃していたのかもしれない——自分の一生を。出来事と経験からできあがった定常波を見ているようだった。後悔と苦悶にさいなまれながら、自分がどれほど息子を虐《しいた》げ、支配しつづけ、およそ不似合いな道へ無理やり進ませたのかを悟った。ペーターは二十三歳でついに自殺をとげた。父親の要求と期待にまったく応えられなかったからだ。

ティーシュンはなにも変えられない。自分自身のためにも、ペーターのためにも。ヨーロッパ・リーダーはなにも変えられないだろう。ヨーロッパのためにも、だれのためにも。起きることは起きるのだ。すでに起きてしまったのだ。それには明白な理由がある。それは等幕性の一部なのだ。

これは最悪のニュースだ。恐怖の悲鳴をあげて、ティーシュンは安全ベルトをはずして放りだした。パッと立ちあがり、いまだに船室の後部に立ち、こちらをピストルで狙っているデ・クルイフに向きなおる。

「なにもかも誤解していたんだ、デ・クルイフ！　理論に暗示されていたのに、理解できずにいたんだ！　われわれは、なにもかもあべこべに見ている――つまり、原因と結果を。われわれの人生の原因は絶対未来にある。われわれはそこから来るんだ。われわれが自分たちをこうしたんだ」

「その場から離れるな」デ・クルイフが命じた。

「これは死の船じゃない。われわれは死後の世界にいるんじゃない！　絶対未来は真正の宇宙、非・等冪で、生きていて、われわれの想像を絶する自由な状態にある。死は等冪性、われわれが現在時間と呼ぶものだ。われわれは生まれたとき、すでに死んでいるんだ。自分たちのした恐るべきことのせいで、自分たちを糾弾して――」

　真実はパノラマのようだった。宗教はそれを推測さえしており、人生は耐えがたいということを認めざるを得なかった。しかし、いま彼には理由がわかった。なにか恐ろしい過ちが犯されたのだ。ひどくまちがっていること、罪深いこと、かかわった者たちを等冪性に――連続する時間に、はかない現在に、解放の希望なしに――閉じこめてしまうことが。〝時間〟はこうやって創られたのだ。それとともに人類史という忌まわしい物語全体が。

　現在時間というはかない瞬間は、現実ですらなく、幻影だ。なぜなら、人はみずからの人生から逃れられないのだから。人はつねにそのなかにあり、つねにそれを演じている。あたかも、永遠にわたり夜ごと演じられる演劇のように。

過去というものもない。その状態はいかなるものか、と彼らは議論してきた。はっきりした結論は出ておらず、訪問できないということしかわかっていない。過去はまったく存在しない、といまならティーシュンは報告できた。時間は砂時計ではない。風景に注がれ、淀みを形作る水のはいった壺のほうに似ている。それぞれの淀みが歴史の一時期なのだ。いわゆる過去の出来事という出来事が、現在の出来事と区別できない。それはみずからの〝現在〟を運んでおり、みずからを絶えず再演するのだ。

「ヨーロッパ・リーダーにお知らせしなければ」彼はだみ声でいった。その声は自分の耳にも不明瞭に聞こえた。「みずからが引き起こした苦難にとらわれているから、われわれはなにも変えられないことを。戦争の推移はあらかじめ決まっている。ヨーロッパは壊滅するだろう」

「席にもどれ、このばか者」デ・クルイフが命令した。その声もくぐもっていた。「まもなく減速だ」

ティーシュンはハッとして、「走路にもどらなければ！」といった。ふたりの男の多数の影が船室にあふれるなか、ふたりは座席へもどり、安全ベルトを締めた。ティーシュンはジョイスティックを操作した。足もとで床がかたむく。盲目飛行でもレールを見つけ、滑走路に降りる飛行機のように船を着地させられる、となぜか彼には自信があった。

たしかに、まもなく満足のいく接地の衝撃があり、船はレールの上を疾走していた。等幕世界は、船が不確定性の世界に一時逗留したという事実といかにして折り合いをつけるのだろう、とティーシュンはじっくり考えはじめた。未来を知ったことに直面しながら、どうやって変わらずにいられるのだろう？ なんらかの形で屈折し、その知識を抹消するのだろうか？ しかし、それなら、ヨーロッパの科学者たちは、絶対未来の探検をつづけるにちがいない。

そのパラドックスを解こうとしているうちに、ティーシュンはデ・クルイフの右側にすわっていることにふと気づいた。ほんのすこし前は左側にすわっていたのだ。彼はもうひとりの男に目をやった。そこにすわっているのは、デ・クルイフではなかった。まるで鏡像のように、自分自身の姿が見えた。というよりは、自分自身ではなくティーシュンが見えた。というのも、自分はデ・クルイフなのだから、と彼は自分にいい聞かせた。

いや、自分はティーシュンだ。その両方なのだ。ふたりをふくむ複合性がにじみ、ひと組のトランプのように切り混ぜられてしまったのだ。彼は二対の目で見て、ふたつの頭で考えていた。

ためになる経験だった。というのも、デ・クルイフが人類の不幸の総計に寄与してきたことがわかったからだ。彼は党の若い職員と情事にふけっている。妻とふたりの娘が邪魔になり、一計を案じて、前線から百キロと離れていない、小さな田舎町にふたりを移住させた。アジア人がその居留地を蹂躙したら、ふたりは悲惨で時間のかかる死をとげるはずだ。

しかし、デ・クルイフ本体であるデ・クルイフは、さし迫った運命に気づいていないようだった。それどころか、同僚が自分の自己同一性を共有しているのも知らないようだった。というのも、まるっきりちがう考えが、心の最上層にあったからだ。

(この気の狂ったティーシュンは、プロジェクトから叩きださないといかん。ヨーロッパ・リーダーその人なみに頭がイカレてやがる)

われらが国家元首に関する、もっとも興味深い意見だ、とティーシュンは辛辣な思いに駆られた。この知識をデ・クルイフに対してどうやって使おうかと考えていたとき、減速がはじまって、ふたりはシートベルトを締めたまま前方へ投げだされ、その瞬間、にじんでいたふたりの自己同一性が分離した。安全ベルトを締めたまま前のめりになっているティーシュンは、いま知ったことすべてを苦々しげに思い起こした。

息子の挫折。早すぎる自殺。自分が野心を押しつけたペーター。船は速度を落としており、速度が落ちるにつれ、周囲の形が変わっていった。しばらくは、ドナウ川に浮かぶ遊覧船にちがいないと思った。彼は九年の歳月をさかのぼり、華やかに飾られた甲板に妻と幼い子供――当時は五つを超えていなかった――といっしょにすわり、渦巻く水面でチラチラ光っている陽射しを見つめたり、おしゃべりしたり、笑い声をあげたりしていた。つかのまの幸福なエピソードだ。

ここにいると、なんと気持ちがいいのだろう。彼は肩の力をぬき、自分が発見したパラドックスにいまいちど思いをめぐらせた。なにも変えられないというのは本当に本当なのだろうか？　未来を知れば、なんらかの形でそれに影響をおよぼすというのはたしかなのか？　ヨーロッパ・リーダーは、そのような憂鬱なメッセージにどう反応するだろう？　あらかじめ決まっているという、ものごとの性質をおとなしく受けいれるだろうか？

受けいれるわけがない！　彼はヨーロッパのために闘うのをやめないだろう。等冪の法則があろうとなかろうと、宇宙そのものと対峙するはずだ！

新たな気分がティーシュンを呑みこんだ。それなら、自分もそうしよう。知識を用いて、運命をバラバラに引き裂こう。息子を救うのだ。たとえ、と彼は自分に約束した。ペーターに科学の道を進ませるという考えを捨てるはめになっても。

そのとき思いあたった。どれほど混乱していたことか。そう、人間の人生を変化できなくさせるのは等冪性だ。しかし、未来航行船は等冪性からぬけだす手段だ。それは変更不能の現実性という牢獄を粉砕した。希望はあるのだ。ヨーロッパにも、ペーターにも、自分自身にも。

彼はうれしくてならなかった。遊覧船が流れ、さま変わりし、未来航行船にもどると、カルコフ要塞都市の中央広場のひとつを走る路面電車の速度にまで減速した。その直後、船は終点にはいった。巨大なサイクロトロンの出力が落ちるまで、しばらく待つことになる。そのあいだに船は回転台の上でぐるっとまわり、出発区画へもどって報告をする準備がはじまるのだ。

船がゆっくりと停止したとたん、ティーシュンの驚きをよそに、デ・クルイフが安全ベルトをはずし、席を立った。よそよそしい目つきでティーシュンを見て、ついて来いという身ぶりをし、ドアへ向かう。ティーシュンはあわてていわれたとおりにし、ハッチから降りた。いったん床に立つと、ますます混乱した。というのも、そこが終点ではなく、船が発進した試験区画だったからだ。帰りの旅をしたとき気づかなかったなんてことが、どうしたらありえるだろう？　顔をあげると、司令室の幅広い窓から見おろしている顔の列が目に飛びこんできた。クリーヴズ上級大臣が中央を占めている。

ザミョートフの声が壁面スピーカーから聞こえてきた。

「時間だ。乗船せよ」

その言葉を聞いたティーシュンは、抗いがたい衝動にとらわれた。片腕をあげて敬礼すると、彼の声がひびきわたった。

「ヨーロッパ・リーダーにお伝えください、大臣閣下、われわれは時間と死という双子の謎を解きに行きます、と」

デ・クルイフが先行した。ティーシュンは手をのばして体を引きあげ、ハッチをくぐった。安全ベルトを締めおわると、死の船はフラックス・チューブにはいっていき、一分以内に銃弾型の船は、クォーク・フラックスにつつまれた走路を飛ぶように走っていた。旅のあいだ、どちらかが「なにか感じるか」とたずねる以外、ふたりはろくに口をきかなかった。一分半ごとにデ・クルイフが、レコーダーに簡潔な報告を口述した。十分が経過した。

船は終点に着いた。

疲れた顔のデ・クルイフがため息をついた。

「まあ、こういうことだ。なにも起きなかった」

ティーシュンの失望は、肉体的な苦痛も同然だった。ひょっとしたら、と思っていたのだ――

「計器によれば、船は〝絶対未来〟にあった」と彼は指摘した。「無人テストと同じように」

「なにも経験しなければ、それがなんの役に立つ？　明らかに、人間の意識は現在にとどまるんだ。死の状態に関するわれわれのロマンチックな考えは――どうやら、すべて誤りだったらしい」デ・クルイフはもういちどため息をついた。「クリーヴズはあまり感心しないだろうな」

「プロジェクトは続行されるだろう。予算を減らされても」

サイクロトロンの出力が落ちた。未来航行船は回転台の上でぐるっとまわった。百キロメートル彼方で、ザミョートフが船を回収する操作をしていた。

船が前進するあいだ、ティーシュンはデ・クルイフに目をやり、不意にある洞察を得た。デ・クルイフの家族が不可解にも東へ移住させられたのを彼は知っていた。いま、その理由がわかるような気がした。デ・クルイフが、なにか身勝手な目的のために手をまわしたのだ。家族を厄介払いしたかったのだ。

彼の身に悪いことが起きるだろう。それが運命だ。ティーシュンの直観がそう教えた。

彼はもの思いにふけった。どれほど押しのけようとしても、ペーターのことが頭に浮かぶ。恐ろしい家庭的情景が今夜に予定されている。それは避けられず、防ごうとしてもどうしようもない。感情が強すぎるのだ。

彼は圧迫感、閉塞感に襲われた。ひょっとしたら、陽子加速器から大量の電荷が出て、それが圧迫してくるのかもしれない——彼はそう思った。あるいは、ひょっとすると、なんらかの形でクォーク・フラックスのせいかもしれない。だが、不吉な予感に呑まれそうだった。避けるためならなんでもするが、自分自身が引き起こす悲劇が迫っている予感。せめてその正体の見当がつけば——

プロジェクトを続行するのだ、と彼は熱烈に思った。道は見つかるだろう。意識のある乗客を乗せたこの船を航行させるのだ。

突飛な記憶がよみがえった。どこかで川下りをしているようだ。しかし、やがて消えてしまった。加速している船がふたりの男を投げだしつづけた。おのおのを永遠につづく自分だけの地獄へ。

災厄の船

The Ship of Disaster

中村 融◎訳

大いなる〈災厄の船〉は、深く果てしない大洋《おおうみ》を倦まずたゆまず突き進んだ。長大な船体は頑丈で、黄金《きん》色に輝いており、その舳先で陰鬱な海を油のように切り裂いていった。それでも、その船はたしかに災厄の船だった。蒸気が周囲に濛々《もうもう》と立ちこめており、水平線はどこにも見えない。乗組員は陸地のありかを知らず、乏しい食料はすでに底をつきかけていた。

というのも、この船は災厄を糧にしているからだ。災厄はこの船を造った造船所に襲いかかり、そしていまや災厄は、戦《いくさ》にそなえてこの船を装備したエルフの国を蹂躙しているのだった。

船尾楼の高い座席でエレン＝ゲリスが思い悩んでいた。地球が若かったころ、人間がまだ雌伏していた時代のエルフ王である。「呪われた敵を見つけしだい」と彼はおのれに約束した。「災厄をその身に降りかからせてくれる！」骨に蜜蠟を薄くかぶせたような彼の手は、投げやりに置かれているものの、エルフの優美さのなかにはかならず宿っているように、力が宿っていた。その青白く美しい顔容《かんばせ》は、怒りにもかかわらずおだやかだった。しかし、大きな黒い瞳は、みずからの暗い黙想だけを見つめていた。というのも、同胞《はらから》が戦に敗れ、都が征服され、海軍が蹴散らされるところを目にするのは、エルフにはふさわしくないからである。

こうして暗い、胸をえぐるような思いに浸っていると、見張り所から叫び声があがった。左舷に船！エルフ王の祈りはかなえられたぞ！たちまち〈災厄の船〉は、傷ついた誇りを癒やそうと舳先をめぐらせた。その武器はとうに準備がととのっており、その戦士は復讐に飢えていたのである。

距離が詰まるにつれ、エレン＝ゲリスの顔に失望の気配があらわれた。これは敵の船ではない。巨大で不格好な海の怪物であり、もがくように進む敵の船なら容易に見分けがつくのだから。これは人間が造った船、エルフ王の絢爛たる軍用ガレー船とくらべれば、見るも哀れな船である。というのも、造船術において、人間はエルフの科学の足もとにもおよばないのだから。にもかかわらず、噂によれば、彼らは過去においてトロールと交易していたという。そしてほかの理由をべつにしても、エレン＝ゲリスのご機嫌は、とうてい麗しいとはいえなかった。冷ややかに、鋭く、銀鈴をふるような彼の声がひびき渡った。

「あの船の舷側に体当たりせよ！」

副官がその命令を復唱した。律動的なドサッという音がたてつづけにあがり、櫂が船を回頭させ、つかのま宙で静止した。

海面には、二隻の船が王の館と農夫の掘っ立て小屋のように並んでおり、細かな霧におおわれていた。櫂が水をかいた。〈災厄の船〉は、トロールの漕ぎ手奴隷の労力で前進し、水中の衝角を無防備な船に激突させた。

エレン＝ゲリスは、船尾楼の日よけにおおわれた椅子についたままだったが、ありとあらゆる悪意をこめて哄笑した。新たな命令をくだし、部下の水夫たちがすばやく命令にしたがった。人間の生存者が必死に浮いていようとしている海面に、なめらかな緑の油を注いだのだ。つづいて火のついた松明が投げこまれた。すると見よ、エルフのガレー船は炎の海に無傷のまま浮かんでいるではないか！　その高い船体の特別に処置された木材は、この船がこうした恐ろしい目的で使用する炎を防ぐのである。

とはいえ、その危機さえ生きのびた者がひとりいた。ガレー船の船首が自分の船にのしかかってきたとき、跳びあがって、彫刻がほどこされ、塗装されたガレー船の木造部にしがみついたのだ。いまは猛火につつまれた海原の、火ぶくれを起こす熱気を全身に浴びながら、舷側を乗り越え、奴隷の席へころげ落ちた。

長居はしなかった。炎上する船の残骸と、灼熱の海原が船尾からわずか数ヤード離れたとき、エレン＝ゲリスの前へ引きずりだされたのだ。エルフは侮蔑の眼差しを虜囚にくれた。彼にとって、人間は凶暴な野獣と大差なかった。

「話せ、けだもの、話せるだけの知恵があるならば」と彼はいった。「おまえたちが口をきくのに使う、あの耳障りなうなり声で、おまえはなんと呼ばれておる？」

人間は商人の言葉で答えた。世界じゅうに大雑把な形で流布している、エルフ言語の低級な派生語である。

「おれたちの船は交易船だった！」人間は怒気も露わに抗議した。「攻撃されるいわれはなかった。おれの名前だが、教える義務はない」

「おやおや！」エルフ王は面白がった。「これはまだ完全には飼い慣らされていない動物だ！ それは人間のあいだでも哀れなことだそうだが」いっそう硬いきらめきが、エルフの目にあらわれた。「よかろう、動物は馴《な》らせるものだ」

彼は一本の指で合図した。残酷な鞭が二度、その男の背中にふり降ろされた。

「名前は？」エレン＝ゲリスがよそよそしい声でたずねた。

男は力なく唾を吐き、

「ボロッドのケルギン、ついさっき、おまえたちが海の底へ送りこんだジョフビンの息子だ」

「その手の恐ろしい危険は、船乗りにはつきものだ！」エルフが嘲った。「さて、ボロッドのケルギンよ、われわれはトロールの一頭を失った。ああ、哀れなやつは病にかかり、船外へ放擲するほかなかったのだ。おまえにはトロールの筋力はないようだが、代わりを務めてもらうしかない」

エルフ王はもはや人間を見ていなかった。その頭ごしに舳先のほうを凝視していたのだ。あたかも、さらに深遠な問題に早くも注意をもどしているかのように。

「その男を漕ぎ座へ連れていけ」と、うわの空で命じる。

驚くほどのエルフの力で、ほっそりした手がケルギンをぐいぐい引っぱり、漕ぎ座の後尾にできた空席へ放りこんだ。めまいに襲われた彼は、エルフの用いる軽い、カチャカチャ鳴る鎖――最上の鉄よりも強いという評判だ――におとなしくつながれた。

はじめのうち、彼は漕ぐのを拒んだ。しかし、罰を受けたせいもあり、エルフの監督が無関心なせいもあって、しだいに櫂の柄を握り、漕ぎ方をおぼえる気になった。とうてい耐えられるものではなかった。櫂は人間用ではなく、トロール用にできていたのだ。あつかいにくい大きな支柱さながら、大きすぎて、彼の手ではろくにつかむこともできなかった。前後では、面どりされた櫂が容赦なく水をかきつづけており、体が休みを求めて悲鳴をあげるまで、ケルギンはやむなく調子を合わせるのだった。

果てしない時間が過ぎたあと、トロールたちに食事があたえられ、彼らが満足げに鼻を鳴らしたり、うなったりする音が聞こえた。腐臭を放つ肉塊が、ケルギンに向かって投げ落とされた。彼は吐き気をもよおして顔をそむけた。新鮮だったとしても、彼にすれば絶対に食べられない動物の肉なのだ。悪臭が喉と鼻孔にはいったとたん、彼は吐きそうになった。その嫌がるようすを見て、エルフが肉を回収した。数分後、ひと切れのパンが渡された。

悲惨な境遇にもかかわらず、ケルギンは白い歯をこぼした。それはエルフのパン、故郷の街ではひと財産の値打ちがあるのだ。エルフの食べものを味わった人間は、まずいないからである。小さなかたまりにかぶりついたとたん、パンが口のなかでとろけ、胃袋にはかけらも届かなかった。女に触れられたかのように、たちまち生気が全身にみなぎったが、自分よりも優れた体を持つエルフとはちがい、それでは命をつなげないことはわかった。

櫂から手を離したか離さないかというとき、鞭が背中に触れて、漕ぎ方再開を合図した。雄牛のようなトロールたちが苦しげにうめき声をあげ、言語に絶する発汗の波を生みだした。疲労でうなだれながら、ケルギンは櫂を漕ぎつづけ、希望を失ったまま、監督が超然と打ち鳴らす太鼓の音に合わせようとした。

〈災厄の船〉はひたすら漕ぎ進んだ。エレン＝ゲリスは、着実に進む船の船尾楼という定位置から、いつ果てるともなく前方を見つめていた。気まぐれを起こした結果、漕ぎ手をひとり獲得したものの、本物の喜びは得られなかった。ささやかな勝利を誇る質《たち》ではなかったのである。しかし、エルフは不変の生きものであり、同胞の敗北を思うたびに全身を吹きぬける氷のごとき冷たい怒りは、かりに和らぐことがあるとしても、すぐには和らがないだろう。

エレン＝ゲリスは行き先を知らなかった。船は不可思議な霧のなかで絶望的なまでに迷っていた。助かる望みはただひとつ——エルフが心中に望みをいだくといえるとしてだが——方向を変えずに進みつづければ、遅かれ早かれ陸地にぶつかるという望みだった。そういうわけで、辛抱強く、だが緊張して、彼は待っていたのである。

こうして六日が過ぎ、膨大な距離を航海したにもかかわらず、見張りは沈黙を守っていた。海は凪いだまま、奇妙に冴えない色合いで輝き、規則正しく機械的にうねっていた。冷たいカーテンとなって垂れこめた蒸気が、五十ヤード先で世界を断ち切り、船がまったく進んでいないという錯覚を生みだしていた。

船内の状況は危険な点に達していた。あわただしい出航と前年の凶作のせいですでに乏しかったガレー船の食料が、ほぼ底をついたのである。

にもかかわらず、打てる手はないに等しかった。ささやかな手立てを探しまわり、エレン＝ゲリスは例の人間を士官たちに連れてこさせた。新たな囚人は、漕ぎ手としてはたいして役に立っていなかった。ひとつには、彼を三日以上眠らさずにおくのは不可能だと判明していた。これに対しトロールは、エルフと同様、必要とあらば、眠らないでも無限に生きられるのである。たしかに、トロールはそのために忌まわしい白昼夢という代償を支払わなければならない。恐ろしい祖先の記憶が目の前に浮かび、めざめているあいだ、ずっと苦悶と恐怖にさいなまれるのだ……しかし、主人であるエルフたちは、ろくに関心を払わなかった。そしてしばらくすると、トロールたちは起こしておいてくれる鞭をありがたがるようになった。というのも、いまや鞭に打たれないと、必死の努力にもかかわらず、もっと悪いまどろみに落ちるからだ。永遠の恐怖のなかで生きることになる眠り、百倍も耐えがたい悪夢に襲われる眠りに。

そういうわけで、トロールたちには羨ましいことに、疲れはてて櫂にもたれて眠りこむケルギンが呼ばれたのだった。漕ぎ座から引きずられてきたあと、しばらくは生気のない目をしていたが、エルフ王が寛大にもひと口のワインを許したあと、口をきけるまでに回復した。

「けだものよ」エレン＝ゲリスが告げた。「おまえに食べさせるものがない。おまえがトロールの食料をなんとか受け入れないかぎりは」

「エルフのパンがあればけっこうだ」ケルギンは弱々しく答えた。「もっとも、すこし腹持ちが悪いとわかったが」そのとき、正気に返り、エルフのいっている意味が不意に呑みこめた。

「そうすると」彼は不思議そうにいった。「あんたたちも食いものがないわけか」

短いためらいのあと、エレン＝ゲリスがうなずいた。とはいえ、会話に対する興味はすでに薄れているらしく、彼は心ここにあらずの表情でケルギンの頭の上を凝視した。エルフ王の意図がわからず、ケルギンは待った。ひょっとしたら漕ぎ座へもどされるかもしれない、と思いながら。

唐突にエルフがとがった耳をそばだて、彼をもっとよく見ようと身を乗りだした。

「ひとつ訊きたい」と自信たっぷりの口調でいう。「おまえはこのあたりの海に通じているのか？」

ケルギンはゆっくりとかぶりをふった。

「通じている者はいなかった。おれたちはポサドラスへの新しい航路を見つけようとしていた」

「ポサドラスだと？」エルフは眉を吊りあげた。「完全に針路をはずれていたぞ」

「それはおれたちも知っていた。二度と陸地は拝めないと絶望しかけていたとき、あんたたちに見つかったんだ」

エルフはまた椅子にもたれかかり、思索をはじめた。

「船乗りにしては、悲しい考えをいだいたものよ」

ケルギンは肩をすくめた。

エレン＝ゲリスがあきらめ顔でため息をつき、軍船の甲板ごしに海と霧をおだやかに見つめた。垂れこめたり、渦巻いたりしている霧は、ぼんやりとただよって、あらゆる表面に漠然とした真珠色の層を重ねていた。エルフ王の天幕の下であるここでさえ。

エレン＝ゲリスがずいぶんと愛想よくなったことに、ケルギンは心底から驚いた。突然の気分の変化は、彼自身の種族の単純な基準では説明がつかなかった。

「ここが尋常の海域でないことに疑問の余地はない」エルフは親しげな口調で言葉をつづけた。「そしてわたしは、このようなものを見たことがない。白状しよう、人間よ、この海は、海洋に関するわたしの知識の埒外にある。自分たちの居場所がわからず、どうやってここへ来たのかも、やはりわからぬ」

それからふたたびケルギンのほうに身を乗りだした。その声はもっと命令口調になっていた。「さあ、おまえたちが〈霧深き海〉にはいった経緯《いきさつ》を語れ」

「もう話しただろう。ポサドラスへの航路を探していたんだ」

「それだけか？」

ケルギンはためらった。

「話すがよい」エレン＝ゲリスが促した。「なにかいうことがあるのだろう？」

「ひょっとしたら興味を惹くかもしれん」とうとうケルギンはいった。「だから話そう。出帆前に、おれたちのまじない師《シャーマン》たちが生け贄の儀式をとり行なった。魔法の杖が血に浸されたとたん、東から西まで、空にひと筋の稲妻が走った。吉兆だというシャーマンもいれば、凶兆だというシャーマンもいた。ともあれ、いいにしろ悪いにしろ、おれたちは海に乗りだした。見知らぬ海にはいって十五日目、またしても稲妻がひらめいた。そのときから海が変わりはじめた。さらに二十日航海したあと……あんたたちに襲われた」

「ならば、その稲妻の原因をなんと見る？」

「おれたちのシャーマンが、生け贄の儀式で技をふるったからだ」

ケルギンは心配そうにエルフをちらっと見あげた。自分の大言壮語で、エルフの傲慢で明敏そうな顔容《かんばせ》に嫉妬の表情が浮かぶかどうか見ようとしたのだ。エレン＝ゲリスは嘲るように哄笑した。

「半分しか知恵のない人間は魔術を語る。われわれエルフには科学がある。しかし、おまえの話をつづけるがよい」

「ほかに話すことはない」とケルギンが答えた。「じゃあ」彼は思い切っていった。「あんたも稲妻を見たのか？」

エレン＝ゲリスは内心で鼻を鳴らした。まさか、見るものか――かりに稲妻が走ったとしても、大海戦の騒乱のさなかに気づいたはずがない。この動物を拷問にかけよ！　ほかの多くの生き残りと同様、〈災厄の船〉がみずからを救うために逃走したとき、大地を揺るがした大決戦《ハルマゲドン》のことをこやつに語って聞かせようか。それでも真実を語るなら、その最終段階において、船上に異様な感覚があったことは認めるしかない。つまり、突如として湧き起こった霧にとらわれ、そのありがたいおおいのなかへ突き進み、猛威をふるう黒いトロールの炎と、敵船団の追跡から逃れたときのことだ。

そうはいっても、出来事を超自然の原因に帰する人間の試みを受け入れるわけにはいかない。この海は世界の地理の一部だ——それはまちがいない。

「なにも見なかった」エレン＝ゲリスは軽い口調で答えた。「だが、おまえを驚かせるものがある。トロールは黒く燃える火を発明した。それに耐えられるものはない。それをなんと考える？」

ケルギンは笑みを浮かべた。迷子になったというエルフの告白に勇気づけられたのだ。肚《はら》を決めて、服従しても仕方がないと判断する。

「エルフの技も、トロールの技もたいしたことはない」と彼はそっけなくいった。

エレン＝ゲリスの瞳孔のない目が爛々と輝いた。動物め、真の心を持っていなくてさいわいだったな。そしておまえの言葉に意味がなくて……。

だが、ケルギンは抵抗した。

「エルフのなかには自惚れしか見えない。トロールのなかには凶暴な力しか見えない。まもなく世界は両方の終わりを見るだろう」

エレン＝ゲリスは投げやりに手をふった。人間が動物界においてさえつまらない種族であることに気づいたのだ。この虜囚は、世界にたった二種類の真に知的な種族が行なっている偉大な戦をろくに理解していないのだ。

一時代前、行き当たりばったりの突然変異によって、下等な動物のなかに人間が出現するのを、エルフの学者たちが偶然に観察した。したがって、彼らの出自はエルフともトロールともまったく異なるわけだ。そう、エルフは記録の存続するかぎり、その現《うつつ》とは思えぬほど美しい文明を維持してきたのだ！　地球全体が彼らの遊び場にすぎない。人間が哀れにも同胞に魔法の力があると主張するのは、みずからが劣っていることを漠然と意識しているしるしとして受けとれる。

エルフには動物から受け継いだものがまったくない。彼らは自己創造という行為で存在にいたったと記録されている。みずからの意志で、完全にできあがった状態でポンと存在するようになった彼らは、地球でいちばん麗しい花となる運命にある。

ケルギンはいいつのった。

「なあ」悪意の混じった熱心さで彼はいった。「あんたたちの穀物が凶作だったというのは本当じゃないのか？　噂は届いているんだ。エルフのパンの貯えは減るいっぽう。あと二、三年であんたたちは飢えに直面する！」

険悪な表情が、思わずエレン＝ゲリスの顔に浮かんで消えた。

「トロールどもの仕業だ」

ケルギンは衣服のひだのあいだから小さな袋を引っぱりだした。その首をあけて、中身をいくつか掌にふりだす。鈍い黄金色のちっぽけな粒が、そこできらめいた。

「見ろ、おれたちには食料がある。エルフには粗すぎるし、トロールには細かすぎる。だが、人間には食料だ。おれたちは小麦と呼んでいる」

エレン＝ゲリスはその穀粒をしげしげと見た。わけもわからず、ひどく恐ろしいなにかが身内でうごめき、感情を抑えられなくなりそうだった。苦労して無関心をよそおい、彼はいった──

「それがどうした？　よくも世界の主人をそう易々とそしれるものだ。その技術と科学に比肩する者はないというのに」

「その科学をなんのために使うんだ、自分たちの満足のほかに？」ケルギンがすばやくい返した。「自分たちの喜びを増やさないものに思いをはせたことがあるのか？」

エルフ王は前に歩きだし、その顔を冷たくひらめかせてケルギンをぎょっとさせた。

「早呑みこみがすぎるぞ、人間。その舌を守ることを学べ。さもないと、切りとられるぞ」

しばらくのあいだ、ケルギンは怖じ気づいていた。

「エルフはかつて優雅だったそうだ」なかばひとりごとのように彼はつぶやいた。「ならば、こいつを見ろ──最初の出会いから人殺しだ」こういいながら、ふたたびエレン＝ゲリスを上目遣いに見る。

不意に機嫌を直して、エルフ王は、若い人間の怯えて青ざめた顔に浮かぶ反抗の表情を楽しんだ。

「もしおまえが知性ある存在であれば」と彼はいった。「その言葉ゆえに、エルフにしかできないやり方で拷問されていたであろう。おまえは人間であるから、そういう結果にはならぬ。残るは、おまえを船外に放擲するか、じきに腹をすかせるトロールの食料として飼っておくかどうかを決めることだけだ」

ケルギンの手から、小麦の粒が甲板にこぼれ落ちた。

「ひとつ訊きたい」ひと呼吸置いて、エレン＝ゲリスが言葉をつづけた。「海で食料がつきたとき、人間はどうする？」

「とにかく、おれたちは食料をほとんど持ち運ばない。漁をするんだ」

「なにをすると？　魚をとるのか？」

「そうだ。海は気前がいい」

エレン＝ゲリスは考えこんだ。

「エルフは魚を食べられると思うか？」

「さあね。海にはいろんな魚がいるからな」

「力を貸してくれるなら、ボロッドのケルギンよ、陸に着いたとき、おまえを自由にしてやってもよい」

ケルギンはうれしくなさそうに笑い声をあげた。

「このおれが、エルフの慈悲を信じると思うのか！　そうはいっても、魚はとってやろう。生きているあいだ、自分の胃袋を満たすためだけにも。鉤針と糸をくれ」

道具一式が準備されるあいだ、ケルギンは〈災厄の船〉をはじめてじっくりと目におさめ、長く高い甲板の広がり、木造部分を飾る美しい抽象彫刻をつぶさに見ていった。大きさも重さもけたはずれの船は、その推進力をトロールの漕ぎ手だけに頼っていた。甲板には銀と真珠母が象眼され、エルフの伝説を描きだしている。じっさい、どこもかしこも筆舌につくしがたい富と職人技の証《あかし》であり、周囲に点在する武器のための輝かしい台となっていた。

玉に瑕がひとつだけあった。黄金色の船体の片側に、真っ黒い焦げ跡が長々と走っていたのだ。狙いのはずれたトロールの火が跳ねた結果である。

なにもかもがケルギンの目に鮮明に飛びこんできた。船の索具、つつみこむ蒸気、油を流したような海。視線があがり、孤高のエルフ指揮官の上でとどまった。その高貴で超然とした姿勢の裏に、圧倒的な落胆の気持ちを見てとったとき、ケルギンは勘ちがいだとは思わなかった。

なるほど、すばらしい創造物だ、この異国の軍用ガレー船は。すばらしく、力強く、従順に機能する。しかし、その美しさにもかかわらず、エルフにつきものの気風がしみついている。つまり、他を寄せつけない傲慢さ。エルフの文明は物質的で、排他的だ。トロールについていえば、特徴はちがうかもしれない。しかし、彼らの存在には同じ誤りが深く染みこんでいる。

エレン＝ゲリスが漕ぎ手たちに、櫂をはずして船内にしまうよう命令した。トロールたちは深い絶望に駆られてうなり声をあげ、鎖を引っぱったり、休憩をあたえないでくれと懇願したりした。しかし、主人であるエルフたちは聞く耳を持たず、みじめな奴隷たちは否応なく恐怖に満ちた眠りに屈服した。

推進力を奪われて、〈災厄の船〉は短い距離を惰性で進んでから、海原の規則正しいうねりに身をゆだねた。ケルギンは、波ひとつない海に釣り糸を投じた。

エレン＝ゲリスはふたたびもの思いにふけった。

何時間も彼は高い座席にもたれていた。心は平穏だが、すべてをつつみこむ憂鬱な黙想のなかにあった。どれほど知的で超然としていても――エルフは簡単にそうなれる――エルフが感情に動かされなくなるわけではない。その肉体の形、赤らんでいる鋭い顔、勇気の燃える軽やかな体をひと目見れば、どんな生きものもそれを請けあうだろう。エレン＝ゲリスは燃えつづけるエルフの感情を失わず、残酷で利己的で情け知らずのままだろう。たとえ彼の精神が大宇宙の遠い領域まで広がり、すべての存在が彼の流儀に反対して叫んでいるのがわかったとしても。これからどんな問いを発するにしろ、彼が自分の本性を問うことはないだろう。

そうであっても、不変の生きものは、無責任な生きものより苦しむものだ。エレン＝ゲリスはみずからのために慰めを見いださなかったし、求めもしなかった。彼の熱い、揺るぎない心の苦しみを癒やす瞬間は、いちども来なかった。

身をかがめ、人間が落とした穀物をふた粒拾いあげ、好奇心も露わにしげしげと見る。あの人間の情報は正しかった。エレン＝ゲリスは自分の怒りの根本原因をうっかり思いだした。トロールたちが穀物をむしばむ方法を見つけたのは歴然としている。というのも、来る年も来る年も、綿毛にくるまれた作物は花を咲かせようとしないのだから。

そしていまこの瞬間、同じ強大な敵が、もっとも自立的であるばかりか、もっともすばらしい文明——時のはじまりから終わりまで存在できたはずの文明——を荒廃させているのだ。

それなのに、エレン＝ゲリスの指揮下にある軍船は、エルフの国を救うために帰還する代わりに、不可解にも絶望的なまでに迷子となっている。

この事実も彼がひどく苦しむ原因となっていた。

彼はふた粒の穀物をわきへ放った。粒は船外へ落ちたが、彼のあずかり知らぬことであった。

「どういうことだ？」彼はつぶやいた。「トロールが世界を統べるようになるのか？」

ようやく立ちあがり、天幕の陰へ引っこむ。ここには、小さなテーブルの上に、ワインの壺と大杯があった。各種の小さな装身具や小立像もあった。エルフの指揮官ならだれでも持ち運び、そこにいない仲間を偲ぶよすがとするものだ。彼は口もとをほころばせながら、そのひとつをいじった。勇壮な兵士イムト・タガル、渦巻く黒い火につつまれて自分の船もろとも焼け死んだ者！

エレン＝ゲリスは手酌でワインを大杯に注いだ。

そのとき、外で叫び声があがり、露天甲板に踏みだすと、釣り道具と格闘している人間が目に飛びこんできた。糸が海と出会うところで、水が泡立ち、揺れている。エルフ王はすばやい身ぶりで、水夫に手助けを命じた。

不意に海が盛りあがり、さしわたしが優に五フィートはある、巨大で扁平な頭が飛びだした。

ケルギンは、思いがけず釣れてしまった海の怪物を魅せられたように見つめた。その皮は金槌で鍛えた銅でできているようだ。ざらざらの瘤という瘤に力強さと堅牢さが見てとれる。ケルギンは自分を丸呑みできそうな半開きの口をのぞきこんだ。

目の焦点をわずかに移動させる。と、彼は激しい恐怖に息を呑んだ。その怪物が彼を見ていたのだ。粗野で、原始的だが、それでも彼自身の知能をうわまわる知能を露わにしている目で。

ケルギンの意識全体が、その見つめる目の裏にある未知の空間に固定された。恐れの混じった喜びに全身が震えた。すぐそばにある世界から吸いだされたようだった。

途方もない考えが脳裏に浮かんだ。あの怪物は、たんに彼を見つめているだけではない、それはたしかだ。その目は彼には知覚できないものを映しているように思える。「未来」と、その目がきらめく。「未来」

怪物の目のなかに、開けていく未来の動きが見える気がした。

その経験は一瞬にして終わった。彼はよろよろとあとじさった。同時に、鉄のように硬い口吻《こうふん》のついた頭が海中に没した。

ややあって、彼は釣り糸がまだ引いているのに気づいた。弱々しくたぐるうちに、やがて神経の太いエルフがかたわらへやってきて、ふたりは力を合わせて魚を舷側ごしに引きあげた。

甲板にあげられると、魚はもがくのをやめて、じっと動かなくなったので、ケルギンとエルフたちにはゆっくりと調べる時間ができた。大きさは人間に近い。皮膚には青白い真珠光沢があり、ほんのりとピンクに染まっている。背中は幅広く、精緻な渦巻きの装飾となった、ピンクの浅い貝殻を載せている。腹の湾曲部に向かってわずかにへこんでいる体側にそって、縦溝のある孔が二列に並んでいる。細い骨のはいった鰭と尾は、半透明で光沢があり、極彩色にきらめいている。

口は開いており、金属の鉤に裂かれた乳白色の肉がのぞいていた。目は閉じていた――ケルギンが驚いたことに。というのも、閉じた魚の目を見るのははじめてだったからだ。湾曲した長い睫毛が、やわらかな皮膚の上に載っていた。

赤ん坊が眠っているようだった。

とそのとき、ケルギンが鰓だと思っていた縦溝のある孔から空気がもれ、ミャーミャーという苦しげな泣き声になった。ケルギンにはなかば筋の通った言葉、無力に抗議する声が聞きとれたとさえ思えた。それは苦しんでいる子供の泣き声そっくりだった。

ケルギンとはちがい、エルフたちは影響を受けないようすだった。〈災厄の船〉の上で動くものがなくなり、そのあいだにエレン＝ゲリスが前へやってきた。痩せぎすの体のまわりにマントをだらりと垂らして、ケルギンの獲物を調べようとかがみこむ。

顔をあげると、ケルギンの目をとらえ、視線で問いかけた。

ケルギンの両方の掌に冷や汗が噴きだした。エルフの指揮官はどうするつもりなのだろう？　この――怪物を。

「いやはや」エルフが静かな声で考えこむようにいった。水夫たちに身ぶりで合図し、

「片づけよ」

死骸が舷側を乗り越えるあいだ、彼はケルギンに向きなおった。

「さあ、もういちど糸を投じよ」

「まだ見足りないのか？」ケルギンは甲板に目を向けてつぶやいた。

「足りる？　なにが足りるというのだ？」エルフの声は尊大であり、威嚇がにじんでいた。

「約束を守れ。さもないと、すみやかに決定的な罰をくだすぞ」

ケルギンは、エレン＝ゲリスのまたたかない目を思いきってちらりとのぞきこんだ。この深い海に潜む力をエルフは感じないのだろうか？　油断のない、無慈悲ななにかが、すべての目的をむなしいものに変えているのに。

エルフは天幕の下にもどり、ゆったりと座席に身をあずけた。

「どちらか選ぶがよい」あらぬ方《かた》に目をやりながら、無造作に彼はいった。

ケルギンは一瞬迷ったが、身震いしないように努めた。

「ここで二度と釣りはしない」と抑えた声でいう。「だが、よそでなら危険を冒そう」

エルフはうわの空でうなずいた。

安堵のうめき声をいっせいにあげて、トロールたちが騒々しくも忌まわしいまどろみからさめ、主人の鞭に対して悲しげに謝意を表わした。まもなく櫂が所定の位置にもどされ、巨大な船は進みはじめた。

やがてエルフ船に静寂が降り、聞こえるのは監督がゆっくりと打ち鳴らす太鼓の音、ドサッ、キーキーという櫂の音、その水かきが海から持ちあげられるさいの、気まぐれに飛び散る水の音だけになった。〈災厄の船〉に乗って以来、ケルギンは前途に希望をいだかなかったが、これまではあまり気にならなかった。いまや暗い影が、彼の心におおいかぶさった。計り知れないほど不吉な予感がした。

彼はあまりにも深く考えごとに没頭していたので、船の乗組員たちのあいだに突如として起こった好奇心のうごめきに最初は気づかなかった。ようやく彼らの好奇心の原因に注意を向けたとき、最初のうちは、遠くのぼんやりした動きと色しか見えなかった。

しかし、近づくにつれ、はっきりした形があらわれ、音ひとつない幻影に彼の注意は惹きつけられた。

それは現実の物体というよりは絵画に似ていた。形、かたまり、光景、場面が深みから飛びだし、海面にこぼれているのだ。絶えず変化し、盛りあがり、広がり、落下し、変容する。ちょうど本のページをめくるように。想像を絶する建物、街路、橋が水面に広がっていく。それは音のない、意図的な活動の情景だった。

ケルギンは目をしばたたいた。目に映るものを本当に見ているのかどうか、最初は判断がつかなかった。それは目の前にあるものを隠す記憶の薄膜のようだった。あるいは、人が無理やり起こされたあと、しばらく心の目に残っており、現実の世界にかぶさる鮮明な夢のようだった。

しかし、この印象さえ、色彩も、明瞭さも、存在感も奪いとらなかった。もし幻だとしたら、錯乱した心の産物ではなく、外にある幻だ——このありえない海全体が、そのような錯乱の産物でないかぎり。

甲板上に言葉を発する者はなかった。トロールの筋力が、その異様な幻影の領域へ船を着実に進め、ケルギンは左右に目をやった。やがて船は幻想的な都のただなかにあった。幅広い大通り、長大な並木道、巨大な建物、人々の群れ——それらが海に流れだし、とどまり、ほかのものと入れ替わる。直線的な柱のような塔が天に向かってそびえている。彼はどんどん上へ首をもたげたが、その頂点は霧の奥に消えているだけだった。

「いったいなにを見ているのだ?」エレン＝ゲリスは不思議そうに自問した。もっとも、じつをいえば、すでにわかりかけていた。彼もまた海の怪物の目をのぞきこんだのだから。目に映っているのは、未来の映像なのだ。

そう思ったとたん、もっと深いところにある恐ろしい知識が動きだし、彼はそれを必死に抑えこもうとした。というのも、通過しながら、この幻の都の幻の住民をじっくりと調べていたからだ。やがて船は都のべつの地区に行きあたり、しばらくして、これは港にちがいないと悟った。それを悟るのには時間がかかった。というのも、そこに浮いている巨大な影を……即座には船と認識できなかったからである。それらは、彼自身の〈災厄の船〉を小舟も同然と思わせるほど巨大な船だった。

エルフの船は、そうした浮かぶ小山のひとつに迫り、数秒のうちに冴えない灰色の船体を通りぬけ、洞窟のような内部を漕ぎ進んでいた。幻影が周囲に垂れこめ、心のなかの思考のように浮遊した。あたりには見慣れない装置があり、操作しているのは……人間だった。

この動物たちを監督しているはずのエルフの職長はどこにいるのだろう？　ひとりもいない。都の情景のどこにもエルフはいなかった。そして人間たちは、奴隷の表情を浮かべていない。

エルフ王はあちらこちらに鋭い目をやり、体をもぞもぞさせた。とそのとき、自制心を保とうという懸命の努力にもかかわらず、震えが体を走りぬけた。

近寄っていたケルギンがこれに気づいて、残酷な笑い声をあげた。

ケルギン自身は知らなかったが、これは地球の想像力から生まれた海だった。ここで地球が夢を見て、密かに考えたのだ。未来において着飾る服を思い描いたのである。しかし、シャーマンたちの話がふと頭に浮かび、いま彼はすべての用心をかなぐり捨て、ふたたび口を開いた。

金属船体の反対側を突きぬけて、船は開けた海に出た。背後では、途方もない幻影が、口にされた言葉のように消えていった。

「これでおれのいったことは証明されたんじゃないか？」彼は叫んだ。「エルフの世界は終わった！　地球など死んだ物質にすぎず、好き勝手にしていい、とあんたたちは考える。

でも、地球のほうがおれたちを創ったんだ、自分自身が楽しむために。あんたたちエルフは、楽しみをひとり占めにし、地球の役に立つのをやめてしまった」

エレン゠ゲリスがおだやかにいった。

「だれが話す許可をあたえた、けだものよ」

ケルギンは顔をあげた。

「傲慢だから、いまだに目が見えないんだな。あんたは、自分たちが住む世界の力に完全に支配されていることを理解していない。もし世界が支援をやめたら、あんたたちはおしまいだ」

彼は熱心にいいつのった――

「聞け。あんたたちは、トロールに穀物をむしばまれたと考えている――でも、じつは、やつらも同じことをされたと信じているんだ。やつらの三本角と首長《くびなが》の群れはもう子供を産まない。やつらはエルフのせいだと思っている」

エレン゠ゲリスは彼をにらんだ。数世紀におよぶ生涯ではじめて、まったく新しい事実に直面したのだ。

「あんたたちの食料を断ったのは、地球そのものだ」ケルギンが彼に告げた。「数百年ものあいだ、あんたたちはなにも返さずに地球から奪ってきた。当然ながら、地球は気前よくふるまうのを控えてきた。土はもはやあんたたちのためには働かない。そしてあんたたちが、あんたたちの科学をあいかわらず誇っているあいだ、知識は着実に腐っていくんだ」

厚かましい虫けらめ！　宇宙全体で大事なのは、エルフが生きて、支配することだけなのだぞ。

エレン＝ゲリスは無言だった。

じきに身じろぎし、銀鈴をふるような声で士官たちにいった。

「漕ぎ座にいる不精者をひとり連れてこい」語気を強め、「いちばん頭のいい者を。やつらのなかに頭のいい者がいるとすればの話だが」

一頭のトロールが甲板へ連れてこられた。雄牛のような肩をしたけだもので、悲しげな憂鬱の表情を浮かべており、長年にわたり漕ぎ座についていたせいで目はどんよりと曇っている。彼は目をしばたたき、迷信的な恐怖で鼻を鳴らしながら、エルフの神話を題材にした象眼絵画を不安げによけて通った。ケルギンは、その生きものの悲惨な状態に、思わず一抹の哀れみをおぼえた。

「ひとつ訊くが」とエルフ王が鋭い口調でいった。「おぬしは目にしたものをどう理解する？」

トロールの短い、湾曲した角が揺れた。そいつは答えられないようだった。ケルギンにしてみれば、そいつが目にしたものをなんとも思っていないのは明白だった。奴隷の境遇にあるうちに精神が壊れてしまい、洞察力のあるエルフとはちがって、新しいものにほとんど興味をいだかないのである。頭にあるのは故郷のことだけ。野卑で、強いにおいを放つトロールたちが大酒を食らい、ときには悲しく、ときには活気にあふれて怒鳴りちらし、雌牛のようなトロールの乙女たちが、歩くたびに床を震わせる故郷だ。

「この痴れ者を連れていけ！」ややあってエレン＝ゲリスがいった。「船縁《ふなべり》から放りだせ！」

うなり声で無益な抗議をしながら、トロールは舷側まで追い立てられ、手すりに押しつけられた。そこで彼はみじめにすくみあがった。数秒後、重々しい水しぶきがあがった。

エレン＝ゲリスが停船を命じた。

「この場所でよいか？」

「はあ？」ケルギンがうなり声をあげた。

「魚釣りだ！」

「魚釣りなんて知るもんか！　おれは絶滅する種族のためには、もうなにもせんぞ」

エレン＝ゲリスが座席から腰を浮かせた。ケルギンは愕然としてあえぎながら、あとじさった。そのような感情を見たことがなかったのだ。魔法にかかったように目をこらすうちに、エルフの高慢さの裏に、ただの人間には耐えられないほど強烈で、一時《いっとき》もやみそうにない憂鬱が横たわっているのだとわかった。

エルフ王がある身ぶりをした。その意味は、彼の下僕たちが熟知するところだった。ケルギンは船の豪華な手すりごしに放りだされ、海面にぶつかり、静かで、すぐに忘れられる水しぶきをあげた。

今回は船体をよじ登ろうとはしなかった。海が頭上で閉じたとき、水は冷たく、なめらかで、塩気がなかった。ケルギンは沈み、数秒が過ぎるのを待ってから、そのねっとりした、喉を焼く水を仕方なく体内に引きこんだ。

そのとき、唇の塩気と、耳のなかの海鳴りに気づいた。押し寄せる波が頭に叩きつけられ、水しぶきを浴びせかけた。

息を吸いこむと、ピリッとする空気が肺を満たした。彼は目をあけた。エルフの船も、異様な大海原も消えていた。紺碧の空と温かそうな太陽が見え、その下で大洋が生き生きとうねり、きらめいていた。さほど遠くないところに、泡立つ白い線と黄色い浜、そして背の高い木々が見えた。

（ありがとうよ、エルフの王）と彼は思った。（おれの命を助けるといったな）

彼は岸をめざして泳ぎはじめた。

エレン＝ゲリスはふたたび席に腰をおろした。

「前進!」かん高い声を短くはりあげる。

彼は船尾楼にすわっていた。油断なく、聡明で、意気消沈しきって。絶望だけを糧として、〈災厄の船〉はひたすら進みつづけた。方向を見つけようとして、ときおりむなしく舵を切る。陸地もなく、未来もなく、だが、絶えず復讐心をたぎらせながら。

ロモー博士の島
The Island of Dr Romeau

中村 融◎訳

島が間近に迫ってきても、汽艇《ランチ》がいっこうに船足を落とさないので、クラーク・プレンティスは不安に駆られはじめた。その沖合を船が通過するのは、とうてい不可能に思えたのだ。ギザギザの珊瑚がてんでんばらばらに散らばり、そのまわりで海がすさまじい勢いで渦巻いているとあっては、通りぬけられるはずがない。

とはいえ、操舵手は周囲の荒れた海にときおり視線を走らせるだけだった。彼の注意は眼前のコンピュータ・スクリーンに向けられており、そこにはこの海域の海図が映しだされていた。くねくねした赤い蛇、あるいはミミズが、船のたどらねばならない航路である。その途中の光点が、ランチの現在位置を示している。

赤毛の案内人が、急に青ざめたプレンティスの顔色に気がついた。

「あの島には近づけっこないとお考えなら、そのとおりですよ」と彼はいった。「岩だらけで、滑走路を造るどころか、ヘリコプターで降りることだってできやしない。コンピュータ海図の助けがなかったら、船だって通れませんね」

「そうすると、そもそもだれがその海図を作ったんだい？」

「もちろん、ロモー博士です。史上最大級の天才ですよ」

赤い珊瑚がわきをかすめた。水しぶきがプレンティスの顔にかかり、ランチがぐらぐら揺れるなか、スクリーン上の光点は、曲がりくねった赤いミミズを伝ってじりじりと進んでいった。やがて船は波おだやかな小さな礁湖《ラグーン》のなかにはいり、栈橋へ向かった。

「では、これがロモーの夢の島というわけか」プレンティスはつぶやいた。

じつをいうと、島の見かけは、海から突きだして高々とそびえている岩の堆積と大差なかった。建物は島のどこにも建っていない。プレンティスはすでに知っていたのだが、ロモーはロボットのトンネル掘削機を持ちこんで、地中に屋敷を掘りぬいたのだった。乱雑に重なった岩のあちこちに、はめこみ式の窓やバルコニーがのぞいている。

ランチが栈橋に寄せた。繋留がすむと、案内人のあとについて、プレンティスは短いタラップを渡って木造の栈橋へ降りた。どっしりした岩に設けられたドアが、すーっと横へ開く。プレンティスはなかへはいるよう促された。ドアがたちまち背後で鈍い音をたてて閉まり、案内人は外へ締めだされ、プレンティスは罠にかかった気がして、かすかな不安をおぼえた。

その不安はすぐにおさまった。ロモー博士の島の内部を照らす人工光は、生気にあふれた桃色で、肌をつやつやと光らせた。短い通路は、むきだしの岩を掘りぬいたものだが、漆喰が塗られており、見た目はやわらかい砂岩のようであり、突き当たりで三つのアーチ路に分かれていた。まんなかのアーチ路で、ひとりの女性が彼に向かってほほえんでいた。年のころは二十代後半、と彼は察しをつけた。目はおだやかな茶色で、口は大きく官能的だ。腰から上には腕輪と、豊満な乳房をささえる短上衣《バスク》しか身に着けていない。それとは不釣り合いに、腰から足首までは白のゆったりしたロング・スカートにおおわれている。しなやかな手足の動きで、彼女がこちらへやってきた。プレンティスの心臓が、すこしだけ速く打ちはじめた。

「いらっしゃいませ、プレンティスさま。ロモー博士のいいつけで、お迎えにあがりました。博士にお会いになられる前に、ひと休みなさいますか？」

「お気遣いありがとう。でも、疲れてはいませんので」

「では、お飲みものなどいかがでしょう？」

「じつをいうと、暗くなる前にインタヴューをすませ、ジャカルタへ帰りたいと思っているんです」

「あら」彼女が眉毛を吊りあげた。「でも、ランチはもう出航してしまいましたわ。明日までもどって来ないでしょう。あいにくですが、お泊まりいただくしかありません」

「なんですって？ そんな話は聞いていませんよ！」

プレンティスは不快感を露わにした。女は決まり悪げで、なだめるような顔つきをした。

「申しわけありません、行きちがいがあったようです」と彼女がいった。「ともあれ、お泊まりいただくわけにはいきませんか？ この場所の感じをつかむのにも役立つでしょう」

「なるほど、それもそうだ」プレンティスは眉間にしわを寄せた。あやつられているような気がしてならなかったのだ。

選択の余地はないようだった。われ知らずのうちに、プレンティスはぞくぞくしてきた。もし耳にした噂が本当なら、この島の悦楽を試すよう招かれるかもしれない……。


ロモー博士は漆塗りのテーブルにつき、中国産の茶碗から馥郁たる香りのお茶を飲んでいた。身にまとっているのは長い紅藤色のローブで、素材は光沢のあるシルクである。彼は青い瞳をプレンティスに向け、プレンティスは頭がくらくらするほどのショックを受けた。博士はいったい何歳だろう？ その目は二十歳の青年の活気をたたえているが、二十歳であるわけがない。顔はかなりなめらかだ。よほど近寄らないかぎり、しわは目立たない。髪にはもうすこし年齢が表われているかもしれない。ふわふわした白髪は、青年のものではない。

「博士、〈プラネタリー・インクワイアラー〉のクラーク・プレンティス氏がお見えです」と若い女が声をはりあげた。

「ご苦労だった、リンディ」

彼女が立ち去って、ふたりだけになった。博士はプレンティスにお茶を勧め、プレンティスは礼を失しないようにお茶を飲んだ。ポケット・レコーダーのスイッチを入れ、インタヴューをはじめる。

「ロモー博士、世間が知りたがっているのは、あなたの研究施設で正確にはなにが行われているのかという点です。たしか、性行動の研究をなさっているのですね」

「いやいや、ここはたんなる研究施設ではない。苦痛の世界における快楽の島なのだ。研究に関していえば、そう、たしかに研究をしておる。だが、〝研究および開発〟という言葉を知っておるだろう？　ここでは開発をしておるのだ。われわれの目的は、世界に幸福をもたらすことにある」

この大げさな返事を聞いて、プレンティスは一瞬言葉を失った。

「ほかの者たちがそれを試みてきたのではありませんか？」

「ああ、経済、心理学、政治の分野で……。じつをいうと、性的な充足だけが幸福をもたらすのだ。科学が人間活動のほかのあらゆる分野を拡張してきたのとまったく同じように、われわれは科学を用いて、性的満足の領域を拡張することをめざしておる」

「では、どうやって拡張されるのですか？」

「うむ、単純な例を示すために、ひとつ訊かせてくれたまえ。きみ自身の性的な傾向はいかなるものだね？」

「あー、ごくありきたりな異性愛者《ヘテロセクシュアル》です」プレンティスはそういうと、気弱げな笑みを浮かべた。みずからが〝正常〟だとみなすものに誇りをいだいていることを隠そうとしたのだ。

「ふーむ。同性愛的《ホモセクシュアル》な欲望を経験したらどんな風だろうと思ったことは？」

「あるとはいえません」

「では、数時間だけきみを異性愛から同性愛に切り替える錠剤があるとしたらどうだね？それがどういうものかを知るためだけに、その錠剤を服用したいと思わないかね？」

プレンティスはもぞもぞと体を動かした。

「いえ、そうは思いません」

「そう、それがごくふつうの反応だ。異性に欲望をいだくのがどういうものかを知りたくない同性愛者からの反応をふくめてね。知りたがるのはもの好きだけだ、と人は考える――もしそうでないとしたら、新しい経験から尻ごみするのは、すこしばかり臆病ではないかね？」ロモー博士は舌打ちして不満の意を表わし、かぶりをふった。「いつの日か、そのような態度は絶望的なまでに時代遅れで、かたくなに思えるようになるだろう。SOR

――性的傾向逆転《セクシュアル・オリエンテーション・リヴァーサル》――錠が、どこの薬局でも売られるようになる」

「そのような錠剤が作れるのですか？」

「ああ、作れるとも」ロモー博士が目をきらめかせた。「われわれは性的魅了のメカニズムを解明した。じっさい、きわめて単純なのだ。きみの頭脳のなかには人類女性を特定する特徴のリストがある――典型的な女性の体形、女性の顔のきわだった特徴、女性の体臭、女性特有の行動、などなどだ。これらを知覚すると、性的魅了の感情が惹起される。同じように、異性愛の女性のなかには人類男性の特徴のリストがあり、同じ役割を果たす。

肝心なのは、万人の頭脳に両方のリストが存在するという点だ。それは同性愛や両性愛《バイセクシユアル》の人間がおびただしい数にのぼることで証明される。人類の頭脳の発達において、ある段階でこのリストの片方、あるいは両方が活性化する。それだけのことなのだよ。話についてこられるかね、プレンティス君？」

「ええ、非常に興味深いお話です」

「いかにも。その性的魅了のリストが妊娠七カ月で活性化することを、われわれはこの島で解明した。かなり遅い時点だと思われるかもしれないが、人体が基本的には女性であることを思いだしてもらいたい。男性に変える修正は、もっとあとで行なわれる。だからきみには乳首があり、きみの陰嚢と会陰部には縫合線があるわけだ。きみが子宮のなかにいたとき、そこで女性器の陰唇が閉じあわされたのだよ。きみのペニスは大きくなったクリトリスなのだ」

「ええ、知っています」プレンティスはつぶやいた。「そうすると、同性愛は誤ったリストが用いられた結果なのでしょうか？」

「〝誤った〟リストという言葉を使うのはよそう。同性愛は異常ではない――自然がものごとをそういう風にしたいのなら、妊娠七ヵ月という遅い段階ではなく、性の分化がはじまったまさにそのとき、リストが活性化するはずだ。自然の側のこの〝不注意〟には、ある戦略がそなわっているにちがいない。動物は性を繁殖にしか使わないが、人類の場合、性にははるかに広い意味がある。人間関係と感情のスペクトル全体におよぶのだ。悲しいことに、単性愛者《モノセクシュアル》――つまり、非・両性愛者――は、人類の半分に対する、いわば色盲なのだよ。だから、完成した暁には、片方のリストを抑えこみ、休眠中のリストを活性化できるSOR錠が非常に有用だと証明されるだろう」

客観的でいようとしたにもかかわらず、プレンティスは嫌悪感を露わにした。

「つまり、われわれみんなを……変態に変えたいんですか？」

「いやいや、強制する気は毛頭ない」ロモー博士は笑い声をあげた。「しかし、いったん人々が思いのままに性的傾向を切り替えられるようになれば、人間の温情の新しい次元が社会に浸透すると信じておる。友人はより親しい存在となり、偏見と不安は消えてなくなるだろう」

「そういう錠剤の有効な使い道をひとつ思いつきました。正常な感情がどういうものか、同性愛者に教えることです」プレンティスはそういって、即座に後悔した。記事をどういう角度で書くつもりか、ロモーに知らせた形になったのだ。

「お仕事のほかの面を話していただけますでしょうか？」

「あとで喜んで研究室にお連れしよう。とりあえず、食事をして、しばらく休んだらどうだね？　リンディを呼ぼう」ロモー博士は小さな銀の呼び鈴を鳴らした。

リンディに連れられて客間へ行き、そこで食事をとった。軽食だったが、満足のいくものだった。プレンティスはカウチに横たわった。一時間ほどたったのだろうか、明かりがついて、まどろみからさめた。目をあけると、ロモー博士がドアの向こうから首を突きだしていた。

「お邪魔じゃないかね？」

「とんでもない」

「よかった」

プレンティスがカウチに寝そべったままでいると、博士がはいってきて、背もたれのまっすぐな椅子に腰を降ろした。

「先ほどの短いインタヴューはお役に立ったかな？」

「同性愛のことばかり話していたように思えます」

ロモー博士はふくみ笑いした。

「そして気がつけば、われわれは不気味な秘密結社のひとつで、世界を同性愛に改宗させようとしているのではないか——そう思っているわけだね！　いやいや、そうじゃない。きみが自分でいったように、SOR錠はどんな性的傾向の人間にも同じように効くのだよ」すこし考えこんでから、こうつけ加える。「しかし、男性の同性愛について、きみを悩ませるものはなんだね？　こういってよければ、きみは思い悩んでいるらしい」

「そうは思いません」プレンティスはおだやかな声でいった。「興味を惹かれないだけです。性的な対象ということであれば、男性の体には嫌悪感をおぼえます」

「一カ所をのぞいて」

プレンティスは目をしばたたいた。

「なんですって？」

目をきらめかせながら、ロモー博士が勢いこんでプレンティスのほうに身を乗りだした。

「ペニスだよ！」

「ああ、よしてください！」

「しかし、考えてみたまえ。正直になりたまえ。きみは自分のペニスを崇めているのではないかね？　それはあらゆる男性の生涯にわたる遊び友達ではないかね？　きみがそれに感じる特別な関係、あるいはおとなになってからの歳月を費やして、それをいじり、もてあそび、賞賛し、最後の一滴まで快楽を絞りとってきたことを否定するのはやめたまえ。おや、顔を赤らめているね！　たしかに、単刀直入すぎたかもしれん。だが、これがわたしの職業なのだ。性的傾向にかかわりなく、あらゆる正常な男性について述べているにすぎんのだ」

ロモー博士の賢《さか》しげな顔が、ますます客人の間近に迫った。

「きみがときおり見てきたエロティックな夢について語らせてくれたまえ。その夢のなかで、きみは魅惑的な女性とことにおよばんとしている。彼女の着ているものを一枚ずつ脱がしていき、ついに大切な部分を露わにする。ところが、それが外陰ではなく、なめらかで固いペニスだとわかるのだ。その夢のなかで、きみにはきわめて自然なことに思える。女性のペニス――なんという概念だ！　そして夢のなかで、きみはなにごともなかったようにことをつづけるのだ」

ますます顔が赤らむのを感じながらも、プレンティスはほっとした。ロモーのこういう言葉が聞こえたのだ。

「いいかね、きみは自分の心理をわたしに隠すことができん。たんに、ほかのだれとも同じだからだ。あらゆる異性愛の男性がその夢を見たことがある。世界全体がペニスを崇拝しておるのだ。もちろん秘密裏にだが、おそらくきみはこう思ったことがある――自分以外のペニスで遊べたらいいのに、と。しかし、ほかの男と遊ぶのは願い下げだ。とすれば、そのペニスが女のものであれば申し分ないではないか」

プレンティスは無言だった。ロモーが腕時計にちらっと目をやり、

「まあ、これくらいにしておこう。知ってのとおり、この島は仕事の場であると同時に快楽の場でもあるのだ。客人として、きみはその機会を逃さないよう奨励される。リンディは気に入ったかね、きみを出迎えて、食事の用意をした若い女性のことだが。ああ、気に入ったのはわかっている。すぐにきみのもとへやって来るだろう。ところで、性的な接触の機会が予想されるので落ちつかないようだが、ちがうかね？　これを飲みたまえ。まろやかな栄養剤で、気分をほぐしてくれる」

ロモー博士は立ちあがり、壁の羽目板を開くと、小さな隠し戸棚から首の長いグラスと、青白い液体のはいったデカンターをとりだした。それをベッドサイド・テーブルに置き、にっこり笑って立ち去る。

忌々しい男だ、とプレンティスは思った。ロモーは気味が悪い！　女とふたりきりになると、おれが落ちつかなくなるのを、どうして知っているんだろう？　プレンティスは青い液体をすこし注いだ。こってりしたミルクシェイクのような舌ざわりで、桃のような味わいだった。ひょっとしたら大麻がはいっているのかもしれない。肩の力がぬけ、楽しい予感に胸が躍りはじめたのだから。

眠気がさしてきたとき、壁の一部をおおっている薄いカーテンがそっとあけられ、そこに隠れているとは知らなかったアーチ路をぬけてリンディがはいってきた。あいかわらず赤いバスクと白いロング・スカートというでたちだ。やわらかなストレートの黒髪が肩にかかっている。プレンティスの胸の内で喜びがはじけたのは、彼女がふっくらした唇でほほえんだからだった。こんどばかりは欲望が満たされそうだ――しかも会ったその日に！

リンディが手招きした。アーチ路の向こうに、大きなベッドをそなえたべつの部屋があった。壁は彎曲していて、鋭い角というものがなく、色は黄色がかったピンクである。プレンティスの心臓は、太鼓のように打っていた。彼はリンディにむしゃぶりつき、首や肩にキスをしながら、手探りでバスクを脱がせにかかった。いっぽうリンディは、彼のシャツのボタンをはずして脱がせた。

彼女の乳房は豊満で、なまめかしかった。プレンティスはそのあいだに顔を埋め、彼女をベッドに寝かせようとしたが、彼女はしっかりと立ったままだった。プレンティスは膝立ちになり、彼女の腹にキスの雨を降らせ、やがてスカートのウェストバンドに達したので、ゆっくりとスカートを引きおろした。

彼女は下着をつけていなかった。プレンティスの唇が下腹部の曲線をなぞっていき、陰毛に押しつけられた。

とそのとき、彼は愕然として身を引いた。割れ目のあるべきところに、なめらかなペニスが突きだし、その下にはこぎれいな陰嚢がぶらさがっていたのだ。プレンティスは立ちあがり、あとずさりした。あいかわらずほほえみながら、リンディが落ちたスカートから踏みだして、腕輪のほかには一糸もまとっていない体を彼の目にさらすと、歓迎するように両腕を広げた。

「まさか、きみは……」プレンティスは口ごもった。

「倒錯者じゃないかって?」リンディが愉快そうに笑い声をあげた。「いいえ。あたしは女よ。見えるでしょう? おちんちんのついた女なのよ」

そう、彼女は女だ。撫で肩と幅のあるヒップが、雄弁にそれを物語っている。

「でも、どうしたらこんなことがあり得るんだ?」

彼女は低く抑えた声で答えた。

「遺伝子操作によって。ロモー博士はその達人なの。適切な遺伝子を挿入して、あたしの女性器を男性器に成長させたのよ」

「時間はどれくらいかかったんだ?」

「ほんの数週間。元にもどすのも同じくらい簡単よ」

プレンティスはまじまじと見ずにはいられなかった。下腹部がぞくぞくして来る。

「いったい――どんな風なんだ？」

リンディが自分の性器を撫であげ、あえぎ声でいった。

「ご機嫌よ！」彼女はベッドの上で仰向けになり、「来て！」と促した。「来て！」

「未来はこういう風になるってことか？」

「そうよ！」

ロモー博士のいったとおりだった。女体についたペニスは、彼にとって抗しがたい魅力をそなえていた。これはロモーにいわれて思いだした夢だが、実現した夢でもあった。ひょっとしたら、青い飲みものの影響があったのかもしれない。というのも、これに不自然なところなどないように思えたからだ。彼女のペニスには興奮させられた。それが外陰であったとしたら、これほど興奮はしなかっただろう。プレンティスはベッドの上で彼女に寄りそった。手が勝手にそれを撫でさすり、反応に合わせて力がみなぎるのを感じた。亀頭をいじりながら、彼女と唇を重ねる。リンディが彼から残りの服をはぎとり、ふたりは絡みあった。彼女の乳房がプレンティスの胸に当たってつぶれ、彼女の勃起したペニスが彼のペニスをこする。そのときプレンティスは、心に浮かんだ考えに抵抗できなかった。体を下へずらし、彼女の性器に顔を押しつけると、彼女の男根を口にふくみ、巧みに吸いはじめたのだ。興奮で息を荒くしながら、彼女のザーメンが五度も六度も口の奥にほとばしるのを感じた。

リンディの唇は半開きで、目はとろんとしていた。プレンティスは彼女に自分のものを吸わせたかったが、べつのことが起きた。不意にリンディが彼をつかみ、仰向けにひっくり返したのだ。彼の両脚を肩にかけ、そこに固定する。その顔に浮かぶ決意のなんと力強いことか！　プレンティスは彼女の手でこねられるパテになった気がした。使われる役割しかない者になった気がした。その感情は意外にも爽快だった。彼女が体を動かし、馬乗りの姿勢をとった。屹立した陽物、欲情してちぢこまった陰嚢、いまにも破裂しそうにふくれあがり、ヌラヌラと光って、むっとするにおいを放っている亀頭が目に飛びこんできた。これからどうなるか悟ったとたん、彼は悲鳴をあげたが、避けるすべはなかった。彼の臀部が広げられた。彼女がはいって来ると同時に、灼熱の痛みが走った。プレンティスは抗議のうめき声をあげたが、すぐに彼のほうも相手のリズムに合わせて腰を突き動かしていた。やがて温かく湿ったものが体内にこぼれるのを感じ、いっぽう彼女は強烈な快楽に顔をゆがめ、こんどはプレンティスの消化管の反対端に精を放った。

窃視スクリーンを見まもりながら、ロモー博士がよしよしとつぶやいた。助手のウエルズ博士に声をかける。

「さあ、ハーバート、この遺伝子切り替えの技に習熟したからには、うむ、こんなところでやめるいわれはない。人体が男性になるか女性になるかを決定するのは、遺伝子の小さな一群にすぎん。あらゆる女性に男性の分身が潜在していて、あらゆる男性に女性の分身が潜在しているということに興味をそそられないかね？　ならば、全体を顕在化させてみようではないか。もし男が女の分身となり、女が男の分身となったら、親密なカップル、たとえば夫婦の肉体関係において興味深い経験となるだろう。あくまでも実験として、ほんの数ヵ月、性別の反対側に立っておたがいを経験するんだよ。この件についてチームを立ちあげてくれたまえ、ハーバート。細かい点まで詰めてくれ」

彼はため息をつき、快楽の間《ま》で行われている組んずほぐれつに背を向けた。

「科学は世界に対してなんとすばらしい展望を開いているのだろう！　とにかく、あのふたりは愉快な時間を過ごしているらしい。これでプレンティスもつぎの段階に進む準備ができたはずだ。ＳＯＲ化合物を朝のコーヒーに混ぜておくように」

「あー、それは倫理にもとるのでは？」ウエルズ博士が疑わしげな声でいった。「彼は客人です」

「だからこそ助けてやるのだよ！　あの哀れな男は、同性愛恐怖症を隠しきれない――知ってのとおり、心からくつろげないのはそのせいなのだ。数時間でも百パーセント同性愛者になれば、あの男にとっていいことずくめだ。おまけに、被験者はいくらでも必要ではないのかね？」

「おっしゃるとおりです、ロモー博士。しかし、化合物を服用した被験者のなかには、まだ元にもどせない者がいることをお忘れなく」

「ああ、活性化した分子に最後の小さなひとひねりを加えたので、その問題は解決したはずだよ。いまこそ証明するチャンスだ」

ロモー博士がやさしげな笑みを浮かべるなか、わめき声をあげるプレンティスが、あえぎ声をもらすリンディにまたしてもアナルを刺しつらぬかれた。

「彼に化合物をあたえたまえ」ロモーは満足げにくり返した。「そう。あの男にとってはいいことずくめだ」

ブレイン・レース
Sporting with the Chid

大森 望◎訳

「だって見てみろよ、ぐちゃぐちゃだぜ」と、ブランドが反対した。「そんなことしたって無駄だ」

ロイガーは仲間のかわりはてた姿を見下ろしながら、そんなことといっても……と口の中でつぶやいた。ああ、たしかにぐちゃぐちゃだ。胸がむかつくような血まみれのぐちゃぐちゃ。大鎌猫狩りのはずが、逆に狩られて切り刻まれ、ウェッセルは血肉のリボンとなりはてた。とはいえ、こまぎれの死体には、まだ大量の血液が残っている。最初にあばらを切り裂かれ、まっさきに心臓が停止したおかげだ。だから、まだ一縷《いちる》の望みはある。すくなくともロイガーはそう考えていた。

「こうやって黙って見てるわけにもいかないだろ」

ロイガーはそういってから、大鎌猫が銃撃の嵐をかいくぐって逃げていったけもの道に目をやった。ウェッセルの銃は、大鎌猫の鋭いかぎ爪の第一撃でおしゃかになり、そのへんに転がっている。畜生ごときにしてやられたかと思うと、無性に腹が立つ。毒針は命中したのに、どうして効かなかったんだろう。ぶあつい皮膚組織にさえぎられて、毒のまわりが遅かったのかもしれない。もしそうなら、そう遠くないところであの猫の死体が見つかるはずだ。

「脳に損傷はない」がんこに死体を見つめたまま、ロイガーはいった。「さあ、おれのいうとおりにしようぜ。急いで冷凍するんだ、腐敗のはじまらないうちに」

ロイガーはがっちりした体つきで、いかつい顔をしている。言葉には、語尾が下がるきついアクセントがあるが、どこのなまりなのか、ブランドはいまだにつきとめられずにいる。

ブランドはさんざんためらったあげく、相棒の積極性に負けた。血と肉の、吐き気を催す生臭いにおいに耐えつつ、ウェッセルの死体に近寄った。ひざまずき、医療キットをあけて、青いシリンダーをとりだす。シリンダーから流れだしたラベンダー色の霧が死体を包み、体の中へとはいりこんでゆくように見えた。スポンジに水がしみるように、死体に吸収されていく。

「冷凍するには専用の設備がないと」ブランドはいった。「水分が凍って結晶化したら、細胞がぜんぶだめになってしまう。こいつは腐敗の進行をとめる役にしかたたないし、有効期間は十二時間。低温状態におくことで体組織の機能を一時的に停止させ、化学反応をおさえてるだけなんだ」

「冷凍されたわけじゃないのか」

「ああ」ブランドは背筋をのばした。「どういうことかわかるか？　設備のととのった病院に行くとなると、いちばん近いところでもここから六週間かかる。たとえ病院にたどりつけたとしても、外科医にもたいして手のほどこしようはないだろう。命が助かったとしても、一生不具の体になるのが関の山、いいとこ全身麻痺だろうな。ウェッセルだって、そうまでして生き延びたいとは思わないんじゃないか」

ロイガーはすぐには答えず、めざす星までの距離をはかるように、空を見上げた。やがて口を開き、

「この大陸の反対側に、チドのキャンプがある。あそこはどうかな？　連中の噂は聞いてるだろ」

「気でも狂ったのか？　チドと関わりあいになれないことは百も承知のくせに」

「つべこべいわずに手を貸せ。やつを橇《そり》に乗せる」

ふたりは押し黙ったまま不愉快な作業にとりくんだ。くそっ、ほんとならこの橇には大鎌猫の死体を乗せてるはずだったのに、とロイガーは思った。だが、猫のあとを追って、死にざまを見届けたいという衝動は必死におさえつけた。もっと強い衝動にかられていた

からだ。ロイガーは、どんなにわずかでも挽回の余地が残されているうちは頑として負けを認めないタイプの男だったし、ウェッセルはいい相棒だった。

橇は地上一、二フィートの高さに浮かび上がった。地面には、この惑星の陸地の大部分をおおう、大きな葉をつけた下等植物がびっしり茂っている。船へとひきかえす道中、ロイガーはまた空を見上げた。太陽は地平線のずっと下に隠れているが、この星に本物の夜はない——ここ、N4星団では、恒星群が高密度で密集しているため、真夜中でも地球の晴れた秋の夕暮れ程度の明るさがある。星団の色とりどりの輝きは、けっして消えることがない。夜ばかりか日中も、いくぶん青白いこの星の太陽の光を圧倒して、空を満たしている。

この星団には、フリーランスの山師たちがうようよしていた。星域全体の広さを考えれば、「うようよ」という表現は不適切かもしれないが、とにかく山師たちは、文明世界で高い値をふっかけられそうな、希少もしくは珍奇なものを求めて、このあたりに押し寄せてくる。エキゾチックな毛皮や獣皮、未知の宝石、辺境の化学物質や鉱石、意外な効果を持つ薬品——近ごろの市場では、希少であるかどうかが最大のポイントだ。新しく、望むらくはユニークで、しかも使い道があるとなれば、たいへんな値がつく。たとえば大鎌猫の毛皮がそのひとつ。大鎌猫の毛皮でワードローブを飾れるのは、とてつもなく裕福なご婦人方にかぎられ、全宇宙でもその数はせいぜい十人かそこらだろう。

山師は人類ばかりではない。この星団の現住生物に知的種属はほとんどいないが、星団外の数十の種属の関心をひきつけている。星団に眠る富に魅せられてやってきたものもいれば、もっとわけのわからない目的で訪れる種属もいる。こうした種々さまざまな知的種属は、他種属とかかわりあいにならないよう用心するのが原則だった。いつものロイガーなら諸手をあげて賛成する原則である。人類と接触のある異星種属の中には——数が多すぎて、おざなりの研究しかされていない種属がほとんどだが——たやすくコミュニケートできるものもないではない。しかし、それ以外の知的種属については、用心が必要だった。また、人類の常識ではまったく理解できない風習や生活習慣を有する種属もあり、彼らについては、いかなる種類の接触も銀河中央政府によってきびしく禁じられている。

チドは、そういう種属のひとつだった。

船にもどると、ロイガーは政府発行の異星人公式ハンドブックをとりだした。チドの項目には、さしてめずらしくもない小見出しがついている。すなわち、〈**いかなる状況においても、一切の接触を禁ず**〉。つづいて記載されている情報は、説明としてははなはだ貧弱なものでしかなかった。しかし、ロイガーは、目を皿のようにしてそのわずかな記述を読んだ。チド星の位置およびその勢力範囲。社会学的情報はとぼしく、どうやらチドの母星を訪れたことのある一匹狼の山師が、異星人関係局に出頭して自主的におこなった報告にもとづくものらしい。もっとも、チドと人類との、それにつづく接触によって、彼らががんこで扱いにくい種属であるとの印象は裏づけられているようだ。ロイガーは、ハンドブックの問題の箇所に注意深く目を通した。

「チドの尋常ならざる特質のひとつに、医学に対する素質がある。彼らにとっては、高度に発達した外科手術の技能も、掃除洗濯並みのありふれた技術でしかない。地球で最高の技術を誇る外科医さえ、平均的なチドには及ぶべくもない。人間が自分の車を自分で修理できるのを自慢するように、チドには外科手術の能力を自慢の種にする伝統がある。外科手術の技能がチド全体にかくもあまねく広がっているのは、おそらくこれが、火の発明にさえ先立って、チド星で発達した最初の技術であるという事実に起因するものと思われる。すでに原始のむかしから、チドの民間伝承において外科手術が突出した重要性を有していたことは、古代の英雄ガソールにまつわる冒険譚からも裏づけられる。周囲を敵に囲まれた国で罠にかかったガソールは、従者たちに命じてみずからの肉体を〝ひとつとして親指より大きなものがないように〟寸断させ、細切れの肉片をひそかに国外に持ち出させた。その後、ふたたびひとつの体に組み立てられたガソールは、人民を隷属から解き放つ闘いをつづけたのである。

チドは、遊びとゲームを愛好し、とくに賭博には目がない。その点をのぞけば、チドの精神に、人類のパートナーとなりうるような接点はほとんどない。それどころか、チドの思考過程は、人類のそれとはあまりにもかけ離れており、相当の危険を有する。偶然チドと遭遇することになった場合でも、けっして彼らと関係を持とうとしてはならない。接触をこころみた場合には、ほぼ確実に、チドの意図を誤解することになる。ただちにチドのいる場所から立ち去るべきである」

ロイガーはのろのろとハンドブックを押しやった。

船の外に目をやると、ブランドがすわって夜空を見上げている。

「チドのところに行こうぜ」ロイガーはきっぱりといった。

ブランドが身じろぎして、

「危険は承知のうえでか？」

ロイガーはうなずいた。

「禁じられた異星人との接触。二万労働クレジットの罰金もしくは五年間の強制労働。またはその両方」

この種の問題にかけては、政府も毅然たる態度を崩さない。

「そっちのほうはたいして心配してないよ」とブランド。「おれが心配なのはチドのほうさ。法律の罰則は、おれたちを保護するためにある。二度と出られない泥沼に、自分から足をつっこもうとしてるのかもしれんぞ」

ロイガーはぶっきらぼうに、

「おれのご先祖さまはボーア人なんだ。どんな代償を払っても生にしがみつくことを身をもって学んだ人種だよ。おれの信条もそれとおなじ。生きるか死ぬかの瀬戸際なら、どんな可能性だってとびつく値打ちはあるさ」

ロイガーは、大鎌猫を追跡する時間がなかったことにまだ未練を抱きながら、空き地のまわりに最後の一瞥を投げた。

「こんなところでぐずぐずしててもしかたがない。行こう」

「さっきから考えてたんだが」黄褐色の大地の上を宇宙船で飛翔しながら、ロイガーがいった。「あれほど外科手術の知識を持つ種属が、そう凶悪なわけはない。怪我人や病人を治せるんだぜ――おれの目から見れば、理解不可能でもなんでもないね。政府は進入禁止の標識をはやく出しすぎたのさ」

ブランドは答えなかった。

ほどなく、チドのキャンプが見えてきた。平原のはずれに位置している。すぐ先は高さ二百フィートの断崖で、切り立った鋭い岩肌の下には、たぎりたつ海がある。目につくものは三つだけ。シダに似たこの星の植物におおわれた五角形の小屋群、地球の路面電車そっくりのチドの宇宙船、卵形の窪地に茂る黒い森。あれは土着の森じゃないな、とロイガーは思った。たぶん、庭か公園のつもりで、チドが母星から運んできた木を植えてつくった森だろう。

ふたりを乗せた船が着陸したのは、キャンプの外縁部にあたる場所だった。しばらく操縦室にすわったまま、ふたりは外部スクリーンに映るキャンプの光景を黙ってながめていた。はじめのうちは、生きものの姿はまるで目につかなかった。が、三十分ほどすると、背の高いふたりのチドが小屋のひとつから出てきて、森のほうへとぶらぶら歩きだした。すぐそばにあるというのに、地球の船には見向きもしない。

ロイガーとブランドは不安げに見守った。しばらくしてまたチドがあらわれた。木の葉をかきわけて暗い森の奥から昼の光のもとに出てくると、こちらにはなんの関心もしめさず、またぶらぶらとシダにおおわれた小屋へともどっていく。

「船じゃなくて、小屋の中で生活してるみたいだな」と、ブランドがスクリーンを見つめたままいう。

「船の中にもっとおおぜいいるのかも」

「あんまり大きな船じゃない。そうたくさんは乗れないさ」

「ああ、そうだな」ロイガーはこぶしを噛んだ。「くそっ、こっちを無視してやがる」

「向こうのほうが利口なのさ。やつらがおれたちのいるそばに着陸したら、こっちだってそうするだろう。いや、逃げだす可能性だってあるな。チドは逃げださないだけましだよ」

「つまり、最初の一手はこっちが指すしかないってわけだ」ロイガーは立ち上がり、ブランドの顔を見やった。「出かけていって、向こうがどう出るかたしかめてみよう」

傍目には丸腰に見えるように、ふたりは銃をシャツの内側に吊した。ウェッセルのぐちゃぐちゃの遺体は、まだ橇に乗せたままだ。ふたりは橇をそっとエアロックの外に押し出し、サバンナを思わせる草地を歩いて、最寄りのチド小屋に向かった。

外から見るかぎり、小屋は原始的な代物で、野蛮人が建てたものといっても通りそうだ。ふたりは戸口から二、三フィート離れたところで立ち止まった。ドアは壁と同様、この星に生える木の枝をシダで編んでつくったものだった。

身振りで会話するしかなければそのほうが有利なはずだという計算が、ロイガーにはあった。いちばん単純でわかりきった要求をつきつけるほうが、誤解される余地はすくない。

ロイガーは腰のベルトに両手の親指をひっかけ、叫んだ。

「こんにちは！　こんにちは！」

もう一度。

「こんにちは！　地球人ですが！」

ドアが内側に開いた。中は薄暗い。ロイガーは二の足を踏んだ。それから、口の中をからからにして、小屋の中に足を踏み入れた。橇を押すブランドがそのあとにつづく。

「ぼくたちは地球人です」かすかに間の抜けた気持ちを味わいながら、ロイガーはまたくりかえした。「困っているんです。助けてください」

それにつづくはずのセリフは、目の前の光景のせいで立ち消えになってしまった。さっき見かけたふたりのチドが、くるりと目を動かしてこちらを見た。ひとりはカウチにもたれているが、そのかっこうときたら、まるで無造作に投げ出された死体のようだ。四肢はでたらめな方向にのび、カウチから垂れた頭は、踏み固めた土の床にいまにもくっつきそう。もうひとりは、天井の垂木から下がった吊り輪に両手をつっこんで、斜めにだらりとぶらさがっている。頭はがっくり前に垂れ、足はうしろにひきずっている。

ふたりの姿勢はどちらもひどく異様で、見ているこっちがおちつかなくなる。もっとも、たぶんこれがチドのリラックスした姿勢なのだろう、とロイガーは思った。

チドの体は人間よりも多少おおきめだが、ひよわでしまりのない感じがする。肌は灰色で、ところどころ、緑や薄いオレンジ色がまじる。衣服は単純で、丈の短いズボンと、肩ひもでとめる前かけだけ。人間型種属の多くと同様、彼らの人間ならざる顔は、人間の特定の表情のカリカチュアのように見える――チドの場合、それは、白痴的なばかげたうすら笑いの表情に似ていた。だが、こういうおよそ的はずれな第一印象にだまされてはいけない。それがいちばんだいじなことなんだ、とロイガーは自分をいましめた。

なんに使うのか見当もつかない家具が床のそこらじゅうに散らばり、山をなしている。視線が壁にとまった瞬間、ロイガーはぞくっと身震いした。壁は、原始時代の肉屋の棚もかくやというながめだった。神のみぞ知るさまざまな生物の手足、はらわた、各種の臓器から、得体の知れない肉のかたまりにいたるまで、雑多な生肉がところせましとぶらさがっている。植物に対してもひとかたならぬ興味と関心を寄せているらしく、動物標本のみならず、植物から採集した標本もたくさんあった。草、木の枝、切り株、果実、植物繊維の切片などなど。小屋の空気には、しめっぽい、わずかにすえたようなにおいがただよっている。もっとも、それが壁に並ぶ不気味な標本のものか、チド自身のにおいなのかは、ロイガーには判断がつかなかった。

あいた場所が床に見つからないので、ブランドは橇を宙に浮かべたままにしてあった。ロイガーはその上の死体を指さし、来訪の目的がひと目で理解してもらえることを祈りながら口を開いた。

「われわれの仲間です。ひどいけがをしています。治してもらえるかもしれないと思ってやってきました」

吊り輪にぶらさがったチドが、かすかに体を左右にゆすった。「ウェリウェリウェリ……」とチドはいった。あるいは、ロイガーの耳にはそう聞こえた。が、チドはそこで口をつぐみ、それからほぼ完璧な英語でしゃべりだして、地球人たちを仰天させた。

「大平原の彼方からのお客人がた！　われわれと遊ぶためにいらっしゃったんですな？」

「助けを求めに来たんです」とロイガーは答えた。もう一度橇を指さして、「友人が大鎌猫に襲われました——この大陸に生息する危険な動物です」

「いまのところ、冷却溶剤で有機反応を停止させてありますが」とブランドが口をはさみ、「その効果が切れれば、彼は死にます。その前に肉体の損傷を修復しないかぎり」

「チドのみなさんは、外科手術にかけては名声をお持ちですから」と、ロイガーがつけくわえる。

チドは吊り輪から手を抜くと、床に散らばる金属の道具を蹴飛ばしながら、のんきそうな足どりで橇のそばにやってきた。小屋の光景の異様さに気を呑まれていたロイガーは、反射的に身を引いた。こんな連中が、評判どおりの進歩した医療技術を持っているなんて、とても信じられない。

橇の上にかがみこみ、チドは長い指先でウェッセルのぴくりともしない体をつっついて、得意げな笑い声をあげた。コルネットの音色のような、耳ざわりな金属性の音だ。

「助けてもらえるでしょうか？」とロイガーがたずねた。

「ああ、もちろんですとも。おやすいごようです。単純な切断ですからな。神経、筋肉、血管、リンパ腺、皮膚――縫合のあとも残りませんよ」

ふたりの地球人の胸に、安堵の気持ちがどっと広がった。

「じゃあ、手術してくださるんですね？」とロイガーが念を押す。

チドは身を起こし、まっすぐロイガーを見すえた。こうやって間近に見ると、チドの目はつくづく気味が悪い。まるでゆで玉子だ。

「地球人は肉体を抜け出し、体なしで動きまわることができると聞いております。ほんとうですかな？」

「いいえ」とロイガーは答えた。チドがなんの話をしているのか理解するまでに、しばらく時間がかかった。「つまり、魂が肉体を抜け出せるか、ということですね？　しかし、それは真実ではありません。たんなる宗教的な迷信ですよ。宗教のことはごぞんじですか？　ただのつくり話です」

「どんなにすばらしいことでしょうな、肉体を抜け出して、体なしで動きまわることができたら！」チドは考えこむような顔つきになった。「こちらへは遊びに？」と、チドは唐突にたずねた。「レースはお好きですか？」

「わたしたちにとって唯一の関心事は、友人の体が治ることです」

「ふむ、しかし、いっしょにゲームをしていただかなければ」

「友人がよくなったら」ロイガーはゆっくりといった。「なんでもお望みのとおりにしましょう」

「すばらしい、すばらしい！」チドはまた、得意げに笑った。さっきよりも大きくかん高く、神経にさわる笑い声だった。

「信用してだいじょうぶなんでしょうね？」ロイガーがもういちど念を押した。「どのくらいかかります？」

「なに、たいして時間はかかりませんよ、すぐですよ。ここへ置いていってください」

「残って拝見させていただいてもいいでしょうか？」

「いや、それはだめです！」チドは憤然としたようにいった。「それは適切ではありません。あなたがたはお客さまです。お帰りください！」

「わかりました」とロイガーはいった。「いつもどってくればいいでしょう？」

「用意ができたら、送り帰してさしあげますよ。おそらく、あしたの朝には」

「いいでしょう」

ロイガーは迷いながらも立ち上がった。はやくこの小屋から出ていきたいと思う一方で、なんとなく去りがたい気もする。

カウチの上のチドは、ふたりの地球人が最初にはいってきたときちらりとこちらを一瞥しただけで、あとは完全に無視している。いまも死体のようにじっと横たわったまま、ぴくりともしない。

「では、またあした」

「またあした」

ふたりは、ぎこちない足どりで小屋を辞した。人間の目からは、チドという種属はどうも安定を欠いているように見えるな、とロイガーは思った。神経症的で、規格はずれで、こちらが面食らってしまうような印象がある。しかしそれもまた、チドの白痴的な顔が与える印象とおなじように、まちがった印象なのだろう。

船にもどると、ロイガーは相棒に向かって、

「ま、これまでのところはうまくいってるじゃないか。あとはあのチドが約束を守ってくれさえすれば、なにも心配することはない」

「しかし、あのゲームがどうとかっていう話……」と、ブランドが心配顔でいった。「いったいなにをさせるつもりなんだろう？」

「気にすることないって。ウェッセルが五体満足でもどってきたら、すぐに離陸しちまえばいい」

「こっちには借りができる。やつら、止めようとするかもしれんぞ」

「銃があるさ」

「ああ……なあ、おれたちのことはだいじょうぶだろうが、ウェッセルのほうはどうかな。なんだか、あいつらに治せるような気がしないんだが」

「あいつらとおれたちとじゃ、やりかたがまるでちがう。しかし、チドが奇跡的なことをやってのける力があることは、みんなが認めてる。結果はすぐにわかるさ。とにかく、ウェッセルには生き延びるチャンスが出てきたんだ。ゼロにくらべりゃずっとましだろう」

ふたりのあいだに沈黙が降りた。

しばらくすると、ロイガーはじっと待っているのが耐えられなくなってきた。大陸を横

切って太陽と逆方向に飛んできたので、外はまだ夕方。夜明けまでにはまだ八時間ばかりある。眠気はまるでない。ロイガーは、散歩に行かないかとブランドを誘った。ちょっと考えてから、ブランドも承知した。外に出ると、ふたりはチドの森のほうへと歩きだした。ふたりとも、あの森の中になにがあるのか、興味津々だったのだ。チドが見張っているかもしれないと考えて、まっすぐ中にはいらず、森のある窪地の外側をぐるっとまわって歩いた。もしこれがチドの私有庭園だとしたら、よそ者が近づくのを嫌うかもしれない。

森がこの星土着のものでないことに、疑いの余地はほとんどなかった。この大陸の大部分をおおう、背の低い下等植物とは似ても似つかない。この星の動植物には、共通して、一種のふてぶてしさがあるし、色はどれも、黄、オレンジ、黄褐色系統の薄い色だ。ところがこの森は黒っぽく、威圧感があり、びっしり重なりあって、不自然なくらい静かだった。木の幹はつるつるに輝き、色はオリーブ・グリーン、木の葉のほうは真っ黒に近い。チドの小屋から見えない場所までやってくると、ロイガーは、森の中を見通すのを邪魔している、肩の高さの植物を左右にかきわけた。

音をたてないように用心しながら、ふたりは森の中に、二、三ヤード足を踏み入れた。のしかかるような頭上の枝々が、周囲と完全に遮断された小さな世界をつくりだしている。かろうじて射しこんでくる光は頼りなく、あたりは薄暗い。森の内部は、かなりの密度で木が茂っているものの、周辺部にくらべればそれほどでもなかった。周辺部の木は、森を守る塀か皮膚のような役割をはたしているのかもしれない。チドの小屋で嗅いだのとおなじ、しめっぽい、すえたようなにおいがする。湿度が高く、驚くほど暑い。森が熱をたくわえているのか、でなければ人工的にあたためられているとしか思えない暑さだ。

地面は森の中心に向かって下り坂になっていて、苔か泥のようなものでおおわれている。それを踏みしめる感触は気持ちのよいものではなかった。ロイガーは、この森の死んだような静けさにショックを受けた。動く木の葉一枚なく、風はそよとも吹かない。

ふたりは斜面を下って、森の奥へと忍び足で進みつづけた。ほどなくして、植物の種類の変化が目につくようになってきた。細い樹木にくわえて、見慣れない植物が花を咲かせている。しおれた大きな葉をびっしりつけた豊かな茂みで、葉の先からは黄色の蜜がしたたっている。上のほうの枝にはニシキヘビのような蛇がからみつき、かすかに体を脈動させていた。巨大なぶどうの房か、でなければガン細胞を思わせる、ぬめぬめした寄生植物の姿もあった。鱗状の幹にしがみついたり、枝からたれさがったり、中には一本の木をまるごとおおいつくしているものさえある。

森はしだいに、青々としたミニチュア版の異星ジャングルみたいになってきた。それに、もう静かでもない。物音に満ちている――さらさらという葉ずれの音や枝のふれあう音ではなく、ぴちゃぴちゃチュルチュルという、くぐもったかすかな音。そのとき、目の前の苔のじゅうたんがいきなり動きだし、ロイガーはびくっとして足をとめた。盛り上がったところから、ピンクがかった灰色の、からまりあう触手のようなものが出現し、たちまち近くの木に這い上がったかと思うと、そこにとりついていた例の寄生植物らしきものに襲いかかった。寄生植物はゲル状の構造を持っているらしい。両者は合体したまま、気色の悪いゼリーみたいにぶるぶるふるえている。

「おい、あれ」とブランドがささやく。

ロイガーは彼の視線を追った。木の根もとのそばの下生えを小さな生物が這っている。犬や虎のような中型哺乳類のむきだしの脳髄そっくりだ。ごていねいに、脊髄神経の束をうしろにひきずっている。それが視界から消えてしまうまで、ふたりはじっと見送った。

もう二、三ヤード進んだところで、小さな空き地に出た。一本の樹が、その中央にどっしり腰をすえている。森の大部分を占める樹木とは違って、幹は洋梨形だった。心臓の鼓動のように規則正しく脈動している。頭上は生い茂る葉が尾根をなし、細い小枝が蜘蛛の巣状に広がっているのが見える。空き地に足を踏み入れたとたん、その小枝の尾根から、赤いしずくが降り注いできた。

ふたりはあわてて後退した。ロイガーは、チュニックや頭や両手にかかったしずくを調べてみた。液体はねばねばして、血か胆汁を思わせる。

ふたりは顔をしかめて、素肌についたその気持ち悪いしろものをぬぐいとった。

「もうたくさんだ」とブランド。「帰ろうぜ」

「待てよ」ロイガーはがんこにいった。「どうせここまで来たんだ、あとほんのちょっとじゃないか」

森の底まであとすこしというところまで来ている。中心にはなにか特別なものがあるんじゃないかと、ロイガーはにらんでいた。進むにつれて、濃密な悪臭はさらに強まり、ふたりとも息がつまりそうになる。が、べとべとするシダ植物の鬱蒼たる茂みをかきわけてもう二、三ヤード行くと、それがあった。

周囲の木々はそれを保護するようにおおいかぶさり、枝を広げて、一分のすきもない天蓋をかたちづくっている。それは、小さな血の池だった。まちがいない、血だ。ロイガーはそう確信した。血のような色と血のようなにおい。もっとも、人間の血とまったく同じにおいではない。

数十四の小さな生きものが池のそばに集まり、血を飲んでいた。ロブスターくらいの大きさの節足動物、さっき見かけた脳動物に似た生きもの、からまりあった動脈や静脈のかたまりみたいな生物。森そのものも、木々や灌木のあいだに管をのたくらせて、みずから池の血をすすっている。

ロイガーとブランドは魅入られたようにその光景を見つめていた。こいつがチドの快適でつつましい楽園というわけか？　ロイガーはそう自問した。ぎらぎら光る深紅の水面から視線をそらす。ぶよぶよの寄生植物、つるつるの樹、隆起した瘤、脈動するヘビのような管――動物とも植物ともつかぬこれらすべてを包みこむこの森は、もはや地球的な意味での森とは似ても似つかぬものに思えた。完全に閉ざされた、自給自足の自然環境。それはむしろ、ロイガー自身の肉体に似ている。

ロイガーは言葉にならないつぶやきをもらし、ブランドの脇腹をひじでつついた。

「行こう」

ふたりはのろのろした足どりですり鉢状の斜面を昇り、星明かりをめざして歩きだした。

船にもどって数分後、チドからの最初のプレゼントが到着した。

もっともそのときには、それがプレゼントだとは気づかなかった。たとえ気づいたとしても、それをどうしろというつもりなのか、かいもく見当もつかなかっただろうけれど。

それは動物だった。チドの小屋からぴょんぴょん跳んでやってくると、船の前ではねまわる。どことなく犬に似ていて、大きさはグレートデーンくらい。無毛の肌は黄色だった。

ロイガーは外部スクリーンの焦点をそれに合わせ、映像を拡大した。動物の体にはいくつも裂け目がはしり、動くたびにそれがぱっくり開いて、内臓が露出する。

ブランドは吐き気をもよおし、顔をそむけた。

しばらくのあいだ、その動物は船の前であっちにはねたりこっちにはねたりしつづけていた。

「こんな動物、チドの小屋じゃ見かけなかったな」とブランド。

「きっと、連中がつくったんだ」

見守るロイガーの前で、動物ははねまわる活動に疲れたらしく、もときた道をはねもどっていき、やがてチドの小屋の中に消えた。

「疲れたよ」と、ロイガーはいった。「ひと眠りする」

「わかった」

だが、ブランドは眠れなかった。胸騒ぎがして、気分がおちつかない。パーコレーターいっぱいに淹れたコーヒーを前に、外部スクリーンをじっと見つめつづけた。

ときおり、いろんな動物がチドの小屋から出てきては、船のほうにやってくる。どれも、とりたてて異様な動物ではなかったが、ひとつだけふつうじゃない点があるとすれば、どれもこれも、動くたびに体の中身が見えることだった。あるものはどことなく豚に似ていたし、あるものは無毛のラマに、あるものはカンガルーに似ていた。ひょっとして、チドは一種類の生きものを、何度も何度もつくり変えてここによこしてるんじゃないか。ブランドはそんなことを考えはじめていた。

影のない光で地表を照らしだす星々が、着実な歩みで夜空を横切ってゆく。青白い太陽が顔を出してまもなく、ロイガーがふらつく足で操縦室にもどってきて、ブランドにたずねた。

「なにかあったか？」

ブランドはロイガーにコーヒーを注いでやり、動物たちのことを話してきかせた。ロイガーは腰をおろし、スクリーンを見つめたままコーヒーをすった。

そのころにはブランドも疲れを感じはじめていたが、まだ神経の高ぶりがおさまらない。

「心配ないと思うか？」ブランドは不安そうな口調でロイガーにたずねた。

「もちろん心配ないさ」ロイガーがぶっきらぼうに答える。「あの森にだまされちゃいけない。きっと、チドの星全体があんなふうなのさ」

ふたりとも、森のことを話題にしたのはこれがはじめてだった。

と、そのとき、ロイガーが叫び声をあげた。スクリーンに、チドの小屋から出てきたウェッセルの姿が映しだされている。ウェッセルはふらつく体でちょっと立っていたが、やがて前に足を踏みだした。

「来るぞ！」ロイガーが叫んだ。「やつら、ちゃんと約束を守ってくれた」

はじかれたように立ち上がり、ロイガーは操縦室をとびだした。ブランドもそれにつづき、エアロックを抜けて外の草地に出た。ウェッセルはこちらに向かって歩いてくる。が、いつもの彼の歩きかたではなかった。力のない、ぎこちない足どりで、とぼとぼとやってくる。腕はだらりとたれ、顔にはまるで生気がない。

それでも、ふたりは仲間を出迎えようと走っていった。が、近づくにつれて、ロイガーの笑みは凍りついた。ウェッセルの眼窩はからっぽだった。上下のまつげのあいだにはなにもない。目のまわりの骨まで消え失せている。そして、いまやっと、目のないウェッセルが船に向かって歩いているわけではないことが、ブランドにもわかった。ウェッセルは、ちょっと離れた崖のほうへと向かっている。

「ウェッセル」

ブランドはやさしく声をかけた。そのとき、なにかべつのものが目にはいった。ウェッセルの二、三メートルうしろから、ブーツくらいの大きさの、まるくて灰色のものが這ってくる。表面はしわだらけで、背中に深い割れ目がはしり、透明なゼリーに包まれているみたいにてらてら光っている。

その生きものは、カタツムリみたいに、幅の広い偽足を動かして進んでくる。必死にウェッセルのあとを追っているようだが、それでものろのろした彼の歩みについていくのがやっと。ブランドとロイガーは、あっけにとられてその光景を見守った。

這い進む生きものの前面には、ふたつの白い玉がついていて、玉の中心には色のついたきれいな円がある。その白い玉が、人間の眼球であることはひと目でわかった。ウェッセルの眼窩から消えた目玉だ。となれば、論理的に考えていかにありえないことであろうと、結論はひとつ。その灰色のかたまりは、ウェッセルの脳にちがいない。生きてはいるが、肉体を持たず、そのかわり自力で移動する手段を与えられている。

とつぜん、脳のないウェッセルの体が蹴つまずき、ばったり倒れ伏した。脳は、体を追いかけることに全精力を傾けているようだ。体が起き上がる前に、脳は追いついて、脚によじのぼった。体がまた歩きだしたときには、脳はヒルのように体にはりついて、上へ上へと登りはじめていた。

ウェッセルの体はよろめくようにして崖へと歩いていく。必死に登っていく脳の姿には、なんとも痛々しいものがあった。這い進むのろさは感動的でさえある。尻を越え、背中を這い上がり、肩に到達し、しばらくそこで一休みする。と、そのとき、まるで蝶番《ちょうつがい》でもついているみたいに、ウェッセルの後頭部がぱっくり開いた。きれいにふたつに分かれたあとに、からっぽの空洞があらわれる。そして脳は、がらんどうの頭蓋の中へと這いずりこんだ。ヤドカリが貝殻にすべりこむように、あるいは、ふとったドブネズミが穴の中へと姿を消すように。脳が頭蓋におさまると、後頭部がもとどおり閉じた。

そのとたん、ウェッセルの体は歩くのをやめた。体にぶるっとふるえがはしる。それから、海のほうを向いて立ったまま、ウェッセルはぴくりとも動かなくなった。

ブランドとロイガーは目と目を見交わした。

「なんてこった！」ロイガーがかすれた声でいう。

「どうする？」とブランド。

たがいに目ではげましあいながら、ふたりはおっかなびっくり、ウェッセルのほうへと歩いていった。ウェッセルの目は、いくぶん血走ってはいるものの、いまはあるべき場所におさまって、ちゃんと眼窩から外を見ている。さっきのことがなければ、いつものウェッセルに見えなくもない。ひどくぼんやりした感じではあるけれど。

ロイガーは怒りにまかせて銃を抜き、チド小屋のほうをにらみつけた。

「エイリアンの畜生どもめ、このままじゃすまさんぞ。きっちりおとしまえをつけさせてもらう」

「ちょっと待て」ブランドが手を上げてそれを制し、ウェッセルのほうを向いた。「ウェッセル」とおだやかに声をかける。「聞こえるか」

ウェッセルは目をしばたたいた。

「ああ、もちろん」

「いつから意識がある？」

返事がない。

「動けるか」

「もちろん」

ウェッセルはくるりときびすを返し、こちらに一歩踏みだした。ロイガーは、おぞましい怪物でも近寄ってきたみたいに、思わずあとずさった。が、ブランドのほうはしっかり

二本の足で立ったまま、

「船まで歩けるか？」

「ああ、たぶん」

「じゃあ行こう」

さっきよりだいぶ自然な足どりで、ウェッセルはブランドについて歩きだした。ふたりはゆっくりと、きらきら光る恒星間宇宙船をめざして歩いていく。

ロイガーはまたチドの小屋をにらみつけた。それから、銃をホルスターにしまうと、ふたりのあとを追った。


船にはいると、ふたりはウェッセルを居住区画にすわらせた。ウェッセルは、自分からはなにもしようとせず、とくになにかを見ることもなく、ぼんやりすわっている。

ブランドがごくりと唾を飲み、

「体から抜け出してたときのことは覚えてるか？」

「ああ」

「どんな感じだった？」

ウェッセルは、抑揚のないだるそうな声で、

「悪くはなかった」

「いうことはそれだけか？」

ウェッセルは黙っている。

「腹はへってないか？　なにか飲み物は？」

「いらない」

「おれたちのことはわかるよな」

「もちろん」

ブランドは心配そうな視線をロイガーに向けると、ドアのほうにあごをしゃくった。

ウェッセルを残して、ふたりは操縦室にひっこんだ。

「うーん、どうかなあ」とブランド。「ひょっとしたら、まともになるかもしれん」

「まともだと？」ロイガーは怒りに紅潮した顔で、まさかというようにいった。「くそったれ、なにがあったと思ってるんだ！」

「いまはぼんやりしてる。だが、脳みそはもうちゃんと体にくっついてる。完全に体を支配してるじゃないか。気がついたか？　傷跡も縫い目もまるでない。たいしたもんだ」

「ひどいもんだよ、グロテスクで、異常で――」ロイガーは目を伏せた。「おまえの考えてることがさっぱりわからない。えらく冷静だな」

「チドについては警告されてたじゃないか」ブランドが事実を指摘した。「やつらのやりかたはおれたちのやりかたとはちがう。たぶん、やつらにとっては、こういうのもちょっとしたジョークなんだ、べつに悪気はないのかもしれん。それにけっきょく、ウェッセルはげんに五体満足な体になってる。治ったんだ」

ロイガーはためいきをついた。どうやら議論に負けたようだ。

「ま、そういう見方もできなくはないな。おれとしては、いまでも自分の目で見たことが信じられん。あんなこと、ありえないよ」

「つまり、脳髄が体を抜け出して、自力で動けるなんて認められないということか？」

ロイガーはうなずいた。

「しかし、考えてみればそう常軌を逸した話でもないだろう」とブランド。「おれは地球の病院で、生きている脳を見たことがある。ガラスのタンクにはいって」

「ああ。しかし、病院だったらいろんな補助装置がある。ここじゃあ――」

「ここじゃあ――」と、ブランドはいびつな笑みを浮かべて、「ふたりのエイリアンが、泥とゴミにまみれた藁小屋で、おなじことをりっぱにやってのけるのさ。そして脳みそは、自分ひとりで這いずりまわる」

「おれがひっかかるのもそこだよ。そもそもあれは、ウェッセルの脳じゃないのかもしれん。チドにだまされてたらどうする？」

「心配ないさ、あれはウェッセルだと思うね。それに、いくら異常でも、受け入れるしかないだろう。チドには病院も滅菌室もいらないんだ、おれたちがまだ解決してない技術的な問題を、なにもかもぜんぶ克服してるんだからな。動きまわれる脳のことなら……単純な筋肉をくっつけ、酸素を供給できる細工をすればいいだけのことだから……こっちが考えるほどむずかしいことじゃないかもしれん。そんなことをためしてみようと思うほど頭がいかれてさえいればな」

ブランドは考えこむような顔で、しばらく黙りこんだ。

「なあ、チドはおれたちみたいに、体をひとつのものとして考えてないんじゃないかな。おれたちが行ったあの森だが——あそこでは、脳みそや胃袋や消化器官、体のいろんな部分が自分勝手に動きまわってたんじゃないかって気がする。チドは体内の臓器に自律性を与えるのが趣味だとか」

「部分動物、ってわけか」ロイガーはげっそりした声をだした。「病気だな、まったく」

「おれたちにとっては、な」

ふたりのあいだに長い沈黙がおりた。とうとうロイガーが口を開き、

「さて、これからどうする?」

「たぶん、いちばん安全なのは、いますぐ飛び立つことだろう。しかし、しばらく待って、ウェッセルがほんとによくなるかどうか、ようすを見たほうがいい。術後のショック状態からまだ抜けてないみたいだから。体を抜け出してたとき、ちゃんとした意識があったわけじゃないことを祈っているよ。だって、想像してみろよ」

「ウェッセルが回復したことがはっきりするまで、離陸するなんて話は聞きたくもないね」

「そうはいっても、ずるずるここにいるわけにはいかないぜ。いずれそう遠くないうちに、チドが取り引きの代償をとりたてにくる。けっきょくのところ、やつらはたしかにウェッセルの命を救ってくれたんだからな。将来的な問題をかたづけるのは、おれたちの側の責任だ」

「なに、だいじょうぶさ」ロイガーが銃をたたいてみせる。「チドがおれたちになにかしようとしたら、思い知らせてやる」

「日没までに飛び立てることを祈ろう」とブランドはいった。

その日の午後になって、ウェッセルはまた頭蓋から抜け出した。

こんどは、そばにすわって様子を見守っていたブランドの目の前だった。ウェッセルはあれから、ほとんどの時間、じっと壁を見つめてすごしていた。ふたりとも、それまでひとことも口をきいていなかった。

と、ウェッセルの頭がぱっくり開いた。こんどは額のほうだった。そして、なんのまえぶれもなく、ウェッセルの顔に亀裂がはしった。中から、物陰に隠れる動物みたいな脳髄の姿がのぞいた。眼球がついて、まだゼラチン質の保護膜に包まれている。すぐさま偽足がのびて、ウェッセルのあごをつかむと、薄いピンク色の液体をしたたらせながら、頭蓋から這いだしてきた。

ブランドの叫び声を聞いて、ロイガーが部屋にとびこんできた。彼がはいってきてはじめて、脳は他人に見られていることに気づいたようだった。目玉をくるりとまわし、もときた頭蓋の穴蔵へと、バツが悪そうに引き返してゆく。顔の割れ目が閉じた。一瞬、眼球が見えなくなったが、やがてぶるぶるふるえながら眼窩におさまった。

ウェッセルはまたもとどおり、硬直したように壁を見つめている。永年の友人たちのことなど、まるきり眼中にない。顔の割れ目は、もはやあとかたもなかった。

ブランドは仰天して立ちすくんでいた。

「それで?」とロイガーがしゃがれ声でいった。「これでもやつがまともだっていうのか?」

ロイガーは銃器庫のところに行くと、ダート・ライフルを二挺とりだした。

「再訪の潮時だぜ」ブランドに一挺さしだしながら、ぶっきらぼうにいう。「こんどは帰らずに、手術を見届ける。銃の前でやつらがどんなトリックを使えるか、たしかめてやろうじゃないか」

ブランドはいわれるままについていった。ウェッセルも、抵抗したり議論したりする意志はないらしい。ついてこいと命令されると、立ち上がってふたりといっしょに船を出て、チドの小屋へと歩きだした。

小屋につくなり、ロイガーはドアを蹴りあけ、中へととびこんだ。腐敗臭がむっと鼻をつく。小屋の内部はこの前見たときとそっくりおなじ。チドのひとりはカウチに寝そべり、もうひとりはふたつの吊り輪からぶら下がっている。こんどもまた、吊り輪のチドのほうだけが、ふたりの闖入に反応を示し、顔を上げてロイガーを見やった。

「わが友人がたがもどってきた！」とチドはうれしそうに笑った。「約束のゲームをしに来てくれたんだ！」

カウチのチドが、わずかに皮肉っぽい響きのある口調で、

「そうだね、でも、われわれのプレゼントをはねつけたのは、礼儀知らずというものじゃないかな」

ブランドとウェッセルが、ロイガーのあとからはいってきた。ロイガーはライフルをかまえると、ドスのきいた声で、

「仲間にひどい仕打ちをしてくれたな。こいつの脳みそは、体から抜け出すんだぞ！」

チドは天井に目を向けた。

「おお、体を抜け出すことができるとは！　それこそ、すべての地球人の夢——地球の宗教から、そのことを学んだのですが」

「おまえらになにがわかる――」

ロイガーはそこで口をつぐんだ。チドが吊り輪から手を離した。その大きな体はぶかっこうだが、せまくるしい閉ざされた部屋の中では、どこか威圧的に感じられた。チドは手をのばして、肩かけをつければゴルフバッグに見えそうなものを壁のフックからとった。中にはかなりの数の金属の道具がはいっていた。そのほとんどに、ぎらぎら光る刃がついている。

ヘビのような動きで、もうひとりのチドがカウチをすべりおり、体をのばした。

「この礼儀正しい訪問に対して、われわれも相応の礼を尽くすべきかな？」

「いや。彼らは異星人なのだから、酌量の余地はある。もっとも、この侮辱の埋め合わせは当然していただかないと。脳競走《ブレイン・レース》ということで手を打つか。客人に害はないし、われわれにとっては願ってもない気晴らしになる。きみ、どっちに賭けるね？」

「こっちのやつが勝つほうに賭ける」とカウチのチドがロイガーを指さした。

相手のチドは笑って、

「わたしは、ふたりともしくじるほうに賭けるとしよう」

ロイガーは切羽つまった危機感にとらわれた。なにかいおうとするが、言葉が出てこない。ライフルでそばのチドを撃とうとしたが、指が動かない。体の動きが完全に封じられている。ふたりのチドは眼前にそびえ立ち、ゆで玉子の目でロイガーを検分している。ふたりのおしゃべりはまだつづいていた。どうやら賭け金や賭け率について議論しているらしい。やがてチドたちは、手術道具に手をのばした。

つぎに起きたことは、言葉でいいあらわそうとしても、ロイガーの心には適切な経験のストックがなかった。はじめのうちは、赤ん坊になって、ものすごい力持ちの大人の手に抱かれたような感じだった。あまりにも異様な感覚だったせいで、五感がすべて霧に包まれたようになってしまう。苦痛はなかった――チドがありふれたメスを使って頭蓋の中心から額へと切り裂き、鼻をまっぷたつにして、顔を二分割したときでさえ。が、頭蓋から脳髄をとりだされた瞬間、自分が四肢や胴体を有する人間であるという感覚はたちどころに消え去った。まだ、視力は残っている。しかし、ぱっくり開いた頭蓋の外に出たとき、ロイガーはすでに、べつの種類の生物になりはてていた――背中に亀裂がはしり、尻にはアルマジロの尻尾みたいなものをくっつけた、まるっこい灰色のかたまりに。

そのあとしばらく、意識を失っていた。つぎに気がついたとき、ロイガーの変身は完了していた。

カタツムリになるのと多少似たところがないでもない。寸詰まりの体の下にある偽足で這いまわることができるし、傷つきやすい体組織はゼラチン質の膜でおおわれている。目は見えるが、聞いたり感じたり、においを嗅いだりすることはもちろんできない。しかし、偽足には、部分的な生命維持機能を司る小器官が付属していた。呼吸することもできるし、いささか特殊なものにかぎられるとはいえ、一応は食物も摂取できる。

ロイガーの変わりはてた体は、チド小屋の外、幅広の葉を持つ下等植物の上に置かれていた。そう遠くないところに、ロイガーそっくりのべつの部分動物が見える。ブランドだ。そして前方には、残存する肉体機能によって、すでに断崖めざして歩きだしているふたつの人体。片方はブランドの体。そしてもう一方が、ロイガー自身の肉体だった。

歩み去ってゆく自分の体に、ロイガーは激しい渇望を感じた。あの体を、また自分のものにすることができる。だがそのためには、あれが崖の向こうに転落してしまう前に追いつかなければならない。だから、ロイガーは進みはじめた。小さな体じゅうの力をふりしぼり、でこぼこの地面をずるずる這いながら。

これがチドのいう脳競走《ブレイン・レース》か。ようやくロイガーは思いあたった。チドたちは、おれとブランドのどちらが先に自分の体をとりもどせるかで賭けをしたのだ。ブランドもすぐ向こうを這いはじめていた。だが、ロイガーは自分の体にもうずいぶん近づいている。たった一度でもいい、あれが転んでくれさえすれば——そうしたら、追いつける。

しかし、数分たってもロイガーの本体は倒れなかった。その反対に、ロイガー自身が草むらに捕まって動けなくなってしまった。ようやく自由になったときには、時すでに遅し。必死になって前進をつづけるロイガーの目の前で、草の葉で切り傷だらけになった彼の本体は、まっすぐ断崖をまたぎこし、岩だらけの海へとまっさかさまに転落していった。

なくなってしまった。おれの体は消えてしまった……。敗北感にうちひしがれて、ロイガーは向きをかえた。ブランドの肉体もまた、姿を消している。ブランドの脳はどこにも見えない。ロイガーはチドの小屋のほうに目をやった。小屋のそばに、ウェッセルがぼうっと立っていた。脳髄はまた頭蓋を抜け出して、巨大なナメクジみたいに首の横にへばりついている。その向こう、あの小さな森からそう遠くないところに、チドの宇宙船がぼんやり見えた。

ロイガー自身の宇宙船も見えた。だが、いまの彼にはなんの意味もないものだ。やがて、ロイガーの視線は、黒々とした帯のような森の姿をとらえた。そよとも動かない低木林、黄褐色の草原に浮かぶ島。ふしぎだ――肉体を持つというのがどんなことだったか、もうほとんど忘れかけている。燃えるような渇望は薄れ、人間としての自覚もなくなりはじめていた。まるで、ほんの数分前に肉体を失ったのではなく、何十年も前からいまのこの姿で生きてきたみたいだ。そしていま、あの小さな森は、おぞましいものにもグロテスクなものにも見えない。ロイガーのような部分生物にとって、そこは豊饒でやさしい、隠れ家になってくれる場所だ。外界から守り、慈しんでくれる森。あそこでなら、それなりに生きていける。そして生命は、どんな代償を払ってもしがみつく価値のあるものだ――かって自分がいった言葉を、ロイガーはぼんやりと思い出していた。

太陽と星々が頭上で燃えている。こんな開けた場所では、おれは無防備で無力だ。ここで生きていくことはできない。

やさしく迎えてくれる血の池、包みこんでくれる黒い葉むら、脈打つ温もりに思いをはせながら、ロイガーはかたい草を押し分けて、すこしずつ着実に、静かな暗い窪地に向かって這っていった。

蟹は試してみなきゃいけない
A Crab Must Try

中村 融◎訳

　ああ、あの夏はなんと楽しかったこと！　波打ち際で酒盛りしたり、酔いどれ藻をかっくらいながら酒場をハシゴしたり、潮だまりで水浴びしたり。海底を這いまわったり。ほかの蟹グループと喧嘩したり。

　雌蟹を追いかけたり！

　なんと楽しかったことか。おれと、赤い甲殻《レッド・シエル》——われらが大物、勇敢なるレッド・シェル！——と、軟弱甲皮《ソフト・ナット》と、すばやいハサミ《クイック・クロー》と、脚がゆがんでいて、歩き方のちょっとおかしい、つまり、ほとんど正面を向いちまうギンピーと、ギンピーよりも小柄なちび助《タイニー》と。

　タイニーは体が小さいもんだから、生意気な口をきいたり、ピョンピョン跳びはねたりして差を埋めようとしていた。レッド・シェルはタイニーに寛大だった。ギンピーにも寛大だった。だから、ほかのおれたちもそれにならった。あのふたりには、雌とよろしくやるチャンスなんてないのは、みんな承知してたとしても。

うほ！　レッド・シェルが雌を勝ちとるってことは、みんな知ってたさ！

あの夏のことはいろいろと思いだす。よく考えるのは、崖列車に乗って海岸ぞいの隣町、ハイロックへ行ったときのことだ。そこの酒場は、どこもかしこもおれたちには目新しかった。酔いどれ藻の味までちがってた。おかげで酔いがまわるのも早かったこと！

おれたちは酒場の一軒からぞろぞろと出てきた。そうしたら、地元の連中が立ちふさがってたんだ。おれたちはぴたっと足を止めた。その拍子によろけたり、ぶつかり合ったりする始末。なにしろ連中は、脚をのばして背伸びしてたんだ。チンピラが相手を威嚇するときの典型的なポーズさ。

それはともかく、そいつらの見かけも気に入らなかった。おれたちとはちがう養育場育ちだってのは、においだけでわかった。もちろん、そいつらがホントに気にくわないのは、地元の雌たちが小走りにわきを通ったり、立ち止まって体の模様を見せてから、身をひるがえしたりするときのあだっぽい仕草だった。町に新顔の蟹がいるわよってわけさ！

そいつらの一匹はでかいやつだった。体の大きさはタイニーの倍。そいつが進み出て、われらが小さな友の脚を一本つかむと、体ごと空中に持ちあげた。

「こいつにゃもったいなくねえか？」と眼柄《がんぺい》を揺らしながら、そいつがせせら笑った。

「脚をもいじまおうぜ」

べつのハサミがくり出され、タイニーのべつの脚をつかむ。そいつがタイニーを引き裂いたとしても、おれは驚かなかったね。そのときだ——**ガチン！**　レッド・シェルのどっしりした大バサミが、でかぶつの大顎にふりおろされたんだ。そいつはふらふらとあとずさり、タイニーを石畳の上へ放りだした。

あとは両軍入り乱れての大立ちまわり。甲皮がぶつかり、ハサミはガチガチ鳴ってはさみまくる。タイニーは飛びはねながら、悪口雑言をわめいていた——でも、当然ながら、強いハサミの届くところへは近づかなかった。地元の連中の一匹がそのうち仰向けになり、体を起こそうとしてハサミをふりまわした。

乱闘が終わったのは、遊歩道の端に監視員があらわれたとき。歩哨みたいに立って、棍棒をふりまわしていた。地元の連中は、その棍棒を前に味わったことがあるにちがいない。なんでかっていうと、捨てぜりふを残して、さっさと走り去ったからだ。

おかげでおれたちは、足を止めて見物してた雌たちにとり巻かれる形になった。おお、おお、おお！　おれたちはいっせいにハサミをふって求愛信号を送りはじめた——ただし、ギンピーとタイニーはべつだ。そのふたりはやるだけ無駄だと知っていて、試そうとはしなかった。

本能的に雌たちがバリアー信号で応えた。おれたちはペアを組み、ハサミの動きがちょっとのあいだ複雑になった。ビンビンになったぜ！　でも、酔っ払ってもいたから、雌の動きについていけなかった。おれの雌はいきなり信号を送るのをやめて、走り去った。ほかのみんなも同じだった。でも、レッド・シェルはべつだ。あいつは求愛しつづけた。あいつはいつだってほかの連中より長く求愛しつづけるんだ！　彼女のうしろのハサミが小刻みに震えた。まるでいまにもそのハサミをくり出すみたいに。レッド・シェルは求愛の第二段階にはいりかけてたんだ！　でも、あいつも酔っていて、そこまで複雑な動きにはついていけなかった。彼女が一本のハサミをかかげて、「さよなら」という仕草を見せながら去っていくと、やつはおれたちに向きなおった。

監視員蟹が悠然とやってきた。

「これ以上もめごとを起こすなよ、おまえたち」一匹がぶっきらぼうに警告した。もめごとを起こしたがるやつなんているか？　もういっぺん酔いどれ藻酒場だ！　酒場からころがるように出てきたときには、崖列車の終電のことなんかすっかり忘れていた。おれたちはこけたりすべったりしながら岩だらけの斜面を浜辺まで下り、陽が沈むあいだ、はしゃぎまくった。それから歩きだした。歩いて帰るにはひと晩じゅうかかった。岩場をよじ登って越え、水をはね散らしながら潮だまりをわたり、潮が満ちてくると、ゾンビみたいに海底を歩いて進んだ。そうさ、あれはご機嫌な一日だったよ。

冬ごもり用の洞穴から出てきたときは、まだ寒いし、やらなくちゃいけない仕事がある。

たいていおれたちは建設チームに配属された。海岸線を移動しながら、海に面した建物を修理したり、氷結のあいだにボロボロに崩れたところがあれば、やわらかくて孔の多い海石をとり換えたり。もちろん、ギンピーはちがう。そういう仕事に向いてないんだ。あいつは浅瀬で海藻を育てて春を送ったもんだ。さぼるなよ、ギンピー、おれたちの酒はそこから来るんだからな！

夏も真っ盛り、金のために必要な仕事が片づいて、休暇のときのご到来。酔いどれ藻酒場が昼も夜もあいていて、明日の心配がないのはそのときだ。若い蟹が仲間と藻をくらったり、通りかかった雌に求愛したりしながら、ぶらぶら歩きを楽しめるのはそのときだ。だけど、ホントのことをいうと、おれたちは雌の来ない酒場のなかで過ごすほうが多かった。

じゃあ、なにを話してたかって？

決まってるだろ、話すことといったらひとつきり。あそこはどうなってるのか？　雌の産卵管と——それに輪をかけて禁断の——生殖孔がどうなってるのかさ。もちろん、見たことのあるやつはいなかった。でも、見たことのある蟹から聞いたって話を、いつ果てるともなく繰り返したんだ。

ほかの話題は、自分がどこまで進んだかの自慢だった。おれたちみんなが（ギンピーとタイニーをのぞいて）信号の第三段階まで進んだといいはった。でも、レッド・シェルをべつにすれば、だれも進んでなかったと思う。おれたちを支えてたのは希望だった。いつの日か、雌のバリアー信号に負けないくらい求愛がうまくなって、交尾に進めるって夢。雌のハサミ信号が本能的に複雑きわまりないのに、雄は学習しなくちゃいけないってのは、自然が仕掛けた残酷ないたずらのひとつだ。雄が一定水準のスピードと協調性を身につけたとたん、雌は楽々と信号のつぎの段階に進むんだぞ。

雄の蟹が千匹いるとして、一生のうちに交尾できるのは、三匹か四匹ってとこだろう。でも、蟹は試してみなきゃいけないんだ。

ある日、酔いどれ藻で腹がくちくなったおれたちは、遊歩道をぶらぶら歩いていた。山盛りのエゾバイ貝シュリンプのフライを平らげようとある食堂へ向かう途中、垂れ柄《ドループストーク》を見かけた。

ドループストークとは同じ学校に通った仲だ。卒業してからは会ったことがなかった。おれたちは成績がよくなくて、労働徴募に直行したんだ。やつはいつものように眼柄を垂らして急ぎ足で歩いていた。まるで周囲のことなんか気づいてないみたいに。

「ドループストーク！」

「おや、あー、こんちわ、茶色い外套膜《ブラウン・マントル》」おれを目にして、やつがいった。それから、もごもごとほかの連中にあいさつした。やつはちょっときまり悪そうだった。学校でいつも連中にからかわれてたからだ。やつはやつなりにちゃんとしてる。でも、現実の生活には興味がないらしい。いつも眼柄を本に突っこんでいる。

「引っ越したのかと思ったよ！　最近はどうしてるんだ？」

答える代わりに、ドループストークは目を上に向けた。そっちのほう、町を見下ろす岬の上に天文台があった。ドーム形をしていて、おれにはいつだって飛びきりの秀才学者の甲殻みたいに見える。

「あそこで働いてるんだ」

「へえ！　おまえ、科学者なのか」

「ああ、ぼくは科学者だ」はにかみと誇りの奇妙に混じった声でドループストークがいった。「わくわくするような仕事だよ。星や惑星を調べてる」

タイニーが飛びはねはじめた。

「星や惑星だってよ！　うひょ！　おれやダチ公としては、雌の甲皮の下のほうを調べたいね！」

クイック・クローとソフト・ナットが、そうだそうだとはやしたてた。哀れなドループストークは、からかいの言葉を笑って聞き流せるやつじゃない。心の底からきまり悪そうにハサミをふり、小走りに去っていった。

偶然の一致だが、タイニーがいったことは嘘じゃなかった。おれたちは食堂へ行き、エゾバイ貝シュリンプをたらふく詰めこんだ。それから浜辺へ行き、午後は夕暮れまでのんびりと過ごした。そのうち大通りの藻酒場で一日を締めくくるころあいだってことになった。

おれたちは遊歩道まで階段を登った。途中でおれは、タイニーがいないのに気がついた。ふり返ると、遊歩道のすぐ下の段にうずくまっているやつが見えた。やつの眼柄は石畳のへりからのぞいてた。上向きにのぞく形で。

一匹の雌がゆっくりと通りかかるところだった。タイニーは、彼女の甲殻の下をのぞこうとしてたんだ。

ばれたのはおれのせいだった。おれの視線の方向に気がついて、彼女の眼柄がさっと下を向き、あいつを見つけたんだ。怒り狂った叫び声をあげ、彼女は身をひるがえすと、反対方向へ足早に去っていった。

タイニーが遊歩道へあがってきた。まさに絵に描いたような勝ち誇り方。おれたちのところまで来たとき、やつは興奮状態で、大顎から泡を吹いていた。

「ちらっと見えたぞ！　産卵管が見えたんだ！　嘘じゃない！　たぶん、あと一歩で生殖孔も見えたのに！」

これを聞いたおれたちは、興奮していっせいに泡を吹きはじめた。全員が。ただし、レッド・シェルはべつだ。あいつは超然と四本のハサミをかまえ、つきあいきれないという顔をした。

「まったく見下げはてたやつだな」と、わざとらしくあいつはいった。つぎの瞬間、体の力をぬいて笑いだした。「とにかくよかったな、タイニー」

最寄りの藻酒場へはいると、長くは我慢できなかった。酒場の突き当たりへタイニーを追いつめた。

「どんなふうだった？　産卵管は？」

「すべすべ、すべすべもいいとこでさ、濃い赤色だった」タイニーは満足げにいった。左の上脚を思わせぶりにひょいとふり、「体からまっすぐのびてるんだ。でも、それほど遠くまでじゃない。先っぽが反り返ったみたいになってる」

そういうふうに見えるはずだった。タイニーは聞いた話をくり返してただけかもしれない。

おれは気になってしかたなかった。やつはホントに見たんだろうか？

いいいいいいいいい、ホントに見たんだろうか？

おれたちが好きでよくやったことはほかにもあった。潮汐波に呑みこまれることだ。それは一日にいちどやって来る。でも、同じ時間に来るわけじゃない。ドループストークがいちど説明してくれたところだと、おれたちの月は、月にしては小さくて、すごく近くにあるんだそうだ。軌道を一周するのに一日をちょっと切るくらいで、かなりの速さで空を横切り、通過のさいに大洋にさざ波を起こす。防潮堤をものともせず、潮汐波は浜辺へ押し寄せ、堤防に打ち寄せて砕けては、なにかを吸いこんだときみたいな大きな音をたてて引いていく。なにもかも道連れにして。

波が来ると、おれたちは脚を砂に突き刺して、浜辺で踏ん張ったもんだ。それから引き波に身をまかせて海底まで運ばれた。海底にぶつかったら、その辺をふらふら歩きまわった。

しばらくすると精神が変調をきたす。ある意味では、酔いどれ藻で酔っ払うのに似てる。でも、ある意味ではちがう。変調の原因は海水を呼吸すること。海水には空気ほど酸素がふくまれてないから、トランス状態になって、ゲラゲラ笑いながら、よろよろと歩きまわることになる。はっきりものを考えられないんだ。

雌はけっして水にはいらない。低い酸素含有率のせいで、交尾を抑止する信号をちゃんと送れなくなるからだ。雄は本能的に抑制されたりしないから、雌と交尾できる。

その夏は切断刑が執行された。有罪になった蟹は、雌を水中におびき出して、信号がないのをいいことにレイプした。だからそいつは処刑台にのぼり、バラバラに切り刻まれたんだ。気の毒なことに、雌も切断刑を受けなきゃならなかった。彼女はいまや受精卵を抱いていた。同意に基づかない生殖は違法なんだ。

二度の切断刑にタイニーは興奮しきってた。あいつの頭は、いやらしい考えでいっぱいなんだ。

「やるだけの値打ちはあったんだよ」その夜、やつはつぶやいた。「やるだけの値打ちはあったんだよ。雌のほうもその気だったんだ。雌のほうも有罪だ」

もちろん、それは雄のあいだに伝わる話だ。雌も雄に負けず劣らずセックス狂いで、雌と雄が仕事に支障をきたさないでいるのは、ひとえに雌の本能的なバリアー信号のおかげだってのは。

雌が進んでレイプ犯と水中へ行ったなんて、ホントにあり得ることだろうか？　タイニーは、世界の反対側にあるスモル群島について話すのが大好きだった。そこの住人は倒錯者ぞろいだっていう評判だ。信号を抑制し、交尾を受け入れられるようにするために、雌は進んで窒息しかけるっていうんだ。それから罪深いカップルは身を隠し、そのうち産卵がはじまると、卵は落としてつぶしてしまうんだとか。

「いいか、雌だってみんなやりたいんだよ、おれたちとまったく同じさ」タイニーは熱心にささやいたもんだ。「どうだい、みんな。雌に頼んでみようじゃないか……」

「よし、頼んでみろよ、タイニー」ソフト・ナットが促した。「ホーホー！　行って、あの雌に頼めよ！　あそこにいる彼女に頼んでみろ」

おれたちは、ある酒場からつぎの酒場へ移動する途中だった。甲殻に縞模様のある雌が、通りの反対側を歩いていた。

「やあ、そこの彼女！」ソフト・ナットが声をはりあげた。「きみに頼みがあるって、このタイニーがいうんだ！」

タイニーは眼柄を隠した。いっぽう縞模様の甲殻の雌は、足どりを早めて立ち去った。

それ以来、タイニーはおれたちみんなに容赦なくからかわれた。

「あそこに雌がいるぞ、タイニー！　行って頼めよ」

「いっしょに水に浸かってくれって頼めよ、タイニー！」

「鼻をふさがせてくれませんかって頼めよ！」

やがて、ある日のこと、やつは実行に移した。

おれたちは浜辺でぶらぶらしてた。その日の潮汐波は寄せて去ってたから、雌が遊歩道から降りてきても安全だった。タイニーはいらついてた。ここ何日かさんざんからかわれて、ほとほと嫌気がさしてたんだ。やつは水ぎわをちょこまかと走りまわり、泡のなかでハサミを引きずっていた。

彼女は飛びきりの美人ってわけじゃなかった。美人だったら、タイニーは選ばなかっただろう。ハサミはちょっとばかり大きすぎたし、甲皮の模様はちょっとギザギザになっていた。たぶんそのせいで、彼女ならなんとかなるかもしれないって、タイニーのイカレた脳味噌は考えたんだろう。

濡れた砂の上を彼女が静かに歩いてくると、タイニーが歩調を合わせて歩きはじめた。

と思うと、ふたりとも足を止めた。タイニーは求愛信号を送ろうともしなかった。見えるのは、話しかけているところだけだった。

いきなり彼女が警戒するようにハサミを突きだし、よろよろとあとずさった。長い金切り声をあげたかと思うと、一目散に浜辺を走っていく。眼柄をぐるぐると四方八方に向けながら。動転しきってるのは、はた目にも明らかだった。彼女は階段を駆けあがり、遊歩道の奥へ姿を消した。

　タイニーは彫像のように砂の上に立ちつくしていた。長い時間がたったと思えたころ、やつが身じろぎして、おれたちのところへやってきた。

「いったいあの娘《こ》になんてったんだよ？」とまどい顔でクイック・クローが訊いた。

「頼んだんだよ、それだけさ」と不機嫌そうな声でタイニー。「頼んだんだよ」

「頼んだって、なにを？」

「いっしょに水にはいってくれって頼んだんだよ」

おれたちは呆然としてやつを見つめた。

「なるほど、タイニー」おれがいった。「こんどはホントに雌のとこへ行って、頼んだんだな」

　自分のしたことにタイニー自身がショックを受けているようだった。でなければ、雌の反応にショックを受けてたのかもしれない。でも、当然の報いじゃないか。こんどばっかりは、あいつも自分のイカレた白日夢に溺れすぎたってわけさ。

夏が終わりに近づくにつれ、おれたちはますます求愛に熱中しはじめた。それはいつもの夏のことだが、この夏は特別だった。これまでの夏よりもご機嫌な時間を過ごしていたんだ。

おれたちが雌に出会うたびに駆けよって、ハサミをふりまわすもんだから、タイニーとギンピーはちょっと面白くなかったにちがいない。以前はタイニーも求愛に行ったもんだが、そのうちあきらめた。ときどきほんのすこし応える雌もいたけれど、さっさと去っていくだけだったんだ。ギンピーのほうは、やるだけ無駄だってことを人生の早いうちに学んでた。そういうわけで、おれたちが求愛に行くあいだ、ふたりとも突っ立って、むかしみたいに酔いどれ藻酒場へ飛びこめたらいいのにと思っていた。

雄の求愛に応じてるあいだは、雌が興味を示してるってことだ。しくじったとわかるのは、彼女がハサミをおろして、立ち去ったとき。雄の最初の求愛に雌は防御で応える。雄の求愛信号に対抗して、もっと複雑な信号を送ってくるんだ。こんどは雄が信号を返し、いってみれば、彼女のバリアを破る番だ。そうすると彼女は複雑さのつぎの段階に進み、あとはそのくり返し。それがつづくあいだ、どんどん興奮してくる。ハサミが縦横無尽に動きまわり、複雑なダンスを織りなすんだ。あの特別な夏、おれたちみんなは——タイニーとギンピーをのぞいて――技術を向上させていた。とりわけレッド・シェルは。あいつはだんだんおれたちとツルまなくなり、朝から晩までの酒場めぐりにだんだん興味をなくしてるみたいだった。

あいつは雌がほしかったんだ！

ギンピーはクイック・クローにとり入ろうとしはじめた。ある日やつがいった。

「なあ、クイック・クロー、笑えるんじゃないかな、あんたが雌に求愛してさ、そのうちおれとすり替わったらさ。雌はすぐに気がつかないかもしれないだろ。そうなったら笑えるじゃないか」やつは勢いこんでいい終えた。

「ああ、たしかに笑えるな」とクイック・クローはさりげなく答えた。「でも、その雌、おまえにしたら年増すぎるんじゃないか、ギンピー」

それは痛烈な皮肉だった。ギンピーは、下校時間に校門あたりをうろついてるので有名だったんだ。まだバリアー信号を送れないほど幼い雌を誘惑できないかと思ってたのさ――これも切断刑が待ってる犯罪だ。でも、やつはどうしても自分を抑えられなかったんだと思う。蟹は試してみなきゃいけない。そしてギンピーにはほかに打つ手がないんだ。

ギンピーとクイック・クローは、そのあとしばらく口をきかなかった。

レッド・シェルはおれたちの称賛の的だった。あいつの求愛信号は、すばらしいスピードと正確さを獲得しかけてた。あいつはある特定の雌を追いかけはじめていた。これが目のさめるような美形で、甲殻の模様は崖のてっぺんに咲いてる花そっくり。ハサミは器用なんてもんじゃなく、震えが来るくらい。あいつは彼女が大通りをやってくるときを見計らって、その辺の戸口に潜み、飛びだしては新たな求愛をくり返したもんだ。そのたびに先の段階へ進んだ、とあいつは考えていた。

魔法の瞬間は思いがけずやってきた。潮汐波から一、二時間後のことだった。おれたちは遊歩道の突き当たりで浜辺に降りていた。防潮堤を越えてきた岩がごろごろしてて、まだ濡れていた。おれたちはちょっとはしゃぎまわった。ふと気がつくと彼女がいた。脚を優雅に広げて砂の上に背伸びして立ち、沖のほうを見つめていた。レッド・シェルは時間を無駄にしなかった。彼女のほうへ進み出たとき、あいつのハサミはもうピクピク引きつっていた。彼女がふり向き、あいつを目にした。求愛がはじまった。

おれたちはうっとりと見まもった。レッド・シェルの求愛信号は、いまじゃホントにみごとだった。あいつは、ありったけのものをそれにこめていたんだ。たちまち初歩の第一段階を過ぎ、彼女のうしろのハサミが出てきた。つづいて第二段階、第三段階……いったいいくつの段階があるんだ？　じつをいうと、だれも知らなかった。そのことを話題にするのを恐れていた。自分の無知をさらけだすのを恐れていたんだ。とにかく、おれたちにわかるはずがなかった。ふたりがますます熱狂的にダンスを演じるにつれ、彼女のハサミもレッド・シェルのハサミもかすみはじめた。ダンスは十分近くつづいたにちがいない。

そのうち、おれたちの麻痺した眼柄の前で、それは終わりを告げた。彼女がハサミを突きだしたままにして、有頂天で降参の信号を送ったんだ。レッド・シェルはぶるぶる震えていた。

つぎに起きることをみんなが知っていた。雄が雌を裏返す。そうすると彼女は自動的に甲殻をかたむけるから、雄は彼女の生殖孔に自分の生殖器をさしこめるわけだ。おれやクイック・クローやソフト・ナットだったら、勝利の雄叫びをあげながら、人目もはばからずにやっただろう。でも、レッド・シェルはちがった。あいつは勝ちとったばかりの連れ合いをやさしく促して、姿の隠れる岩のあいだへ連れていった。

目をギラギラさせて、タイニーがそのあとを追おうとしたけど、クイック・クローに引きとめられた。やつは強力な大バサミでタイニーの脚の一本をつかんだ。

「ほっといてやれよ。さもないとレッド・シェルにバラバラにされるぞ」

そういうわけでおれたちは無言で立ちつくし、数ヤード向こうで起きてることを想像した。しまいにコンクリートの遊歩道へあがり、大通りに向かってぶらぶら歩きだした。気がつくと、おれたちはピョンピョンはねまわり、だれ彼かまわず叫んでいた。

「おれたちのダチがやったんだ！」

「レッド・シェルが雌をつかまえた！　いまやってるさいちゅうだ！」

「おれたちのダチなんだぜ、あいつは！」

大通りでおれたちは最寄りの酒場に飛びこんで、夢中になって酒をくらった。一時間後、レッド・シェルがよろよろとやってきた。脚をピンとのばし、おれたちを見おろすようにして、大顎に酔いどれ藻を詰めこんだ。

おれたちは畏怖の眼差しであいつを見あげた。

「どんなふうだった、レッド・シェル？」タイニーがしわがれ声でささやいた。

その問いかけにあいつは答えなかった。しばらくのあいだ、なにもなかったみたいにふるまった。とはいえ、あいつの態度には尊大なところが新しく生まれてたんだが。あいつはいつもどおりタイニーとギンピーを親しげな口調でからかい、蟹はいかに生きるべきかについて、粗野な労働者のアドヴァイスをあたえた。

その宵の口、あいつは親愛の情をこめておれとクイック・クローの甲殻をカタカタとたたいた。

「あきらめるんじゃないぞ、おまえら。おれはこれからもう一発ぶちこんでくる」

そのあとレッド・シェルとはめったに会わなかった。そのうちあいつの姿はすっかり見なくなった。おれたちのささやかなグループを離れていったんだ。いったん交尾したら、雄蟹は変化に見舞われる。むかしみたいな生活をしてる暇はない。責任に押しつぶされそうになる。

太陽の高さが日増しに低くなるにつれ、おれたちの求愛行動はますます熱をおびた。捕食者みたいなおれたちのハサミのダンスから逃れられる雌は、通りのどこにもいなかった。ときには警察蟹がそばに立ち、その存在で、やりすぎはいかんぞと警告することもあった。でも、レッド・シェルの偉業をくり返せるなんて、本気で思ってたやつはいなかった。ある日、おれは錯乱していた。狩り《ハント》自体が興奮を誘うんで、やらないわけにはいかなかった。

雌から雌へと絶望的に飛びまわっていた。そのときだ、あまり遠くないところから、大きな衝突音が聞こえてきたのは。毎日の潮汐波が堤防に打ち寄せる音だった。空では、小さな月が水平線の向こうへ沈もうとしていた。

その瞬間、大通りの端で騒ぎが起きた。町じゅうの蟹が、往来でくり広げられている光景を目にしようと出てきてるみたいだった。それは伝統的な結婚のお祝いだった。

しかも、それはレッド・シェルのお祝いだったんだ！　先頭の浮きに乗り、勝ち誇ったように背伸びして、レッド・シェルその人がやってきた。そのうしろ、色とりどりの海藻で飾られた、ちょっとだけ低い台の上に、ほれぼれするような甲殻をまとった、あいつの魅力的な連れ合いが横たわっていた。

そのあとの行列は、彼らの子供を披露する七つの荷車から成っていた。小刻みに体を揺らしている何千もの赤ん坊蟹。

すばらしいレッド・シェル。海岸のこの地方でつぎの世代を生みだすことになったカップルは五組くらい。あいつと連れ合いは、そのうちのひとつだった。それを思うと空恐ろしくなる。でも、自然なことなんだ。子孫を残せるほど優秀な蟹は、ひと握りしかいないんだから。

「あれはおれたちのダチ公レッド・シェルなんだぜ！」おれたちはみんなに教えはじめた。「レッド・シェルは仲間なんだ、あいつはな！」行列が通りかかると、おれたちはグループのリーダーに向かって歓声をあげた。「レッド・シェル！　レッド・シェル！」

レッド・シェルは通りしな、ハサミをあげて合図してくれた。

群衆に呑まれて消えるあいつを、おれたちは考え深く見送った。

それがふた夏前のこと。この夏もいまや終わりに近づいている。大きな流氷が群島をぬけてただよっていて、岸に乗りあげることもある。太陽は空の低いところにかかっている。おれはいま脚を砂に突き刺して、時間の多くを浜辺で過ごす。去年は、レッド・シェルがいなくても、まだ楽しくやって、雌を追いかけた。でも、前ほどじゃなかった。今年はもうそんな気も起こらないらしい。

奇妙な話だ、浜辺にすわっていたり、酔いどれ藻酒場の奥に自分たちだけで静かにうずくまっていた年寄りの蟹たちに、以前はろくに気づかなかったってのは。「哀れな老いぼれ蟹」かすかに軽蔑をこめて、おれたちはときどきいったもんだ。それほどたたないうちに、自分たちがそうなるなんて、だれも考えもしなかった。哀れな老いぼれ蟹。ときどきおれは天文台に目を向ける。空を背にして浮かびあがり、町を見おろしてる天文台に。ドループストークはまだそこにいて、眼柄を望遠鏡にはりつけてる。でも、あいつは雌にハサミで信号を送ろうとしたことが、生まれてからいちどもない。きっと考えたこともないだろう。本に埋もれるので忙しすぎて。あいつを興奮させたものを憶えてる。おれたちの住む星は、十九ある惑星のひとつで、太陽から四番めだってことを学校で教わったときのことだ。惑星としてはギリギリまで小さいんだそうだ。科学者の話だと、重力が足りないから、大気が漏れているんだとか。百万年もすると、大気が薄くなりすぎて、気候が変わり、生きものは住めなくなるんだそうだ。

もちろん、なにか手を打たないかぎりの話だ。未来の蟹種族が対処を迫られるだろう。どういうやつらだろう、その未来の種族は。たぶん、おれやダチ公どもには似てないだろう。みんなドループストークみたいだろう。数字を頭に詰めこんで、世界を救おうとしてるだろう。

だとしたら、そいつらはどうやって交尾するんだろう？　ドループストークの送る求愛信号が交接の段階まで進まないことは、哀れなギンピーの場合よりもたしかだ。レッド・シェルみたいな精力たっぷりの蟹でなくちゃ、そうはいかない。おれは追憶にふけりはじめる。自分の最高の瞬間を思いだして。ダチ公どもといっしょでさえなかった。そのときばかりはひとりきりでぶらつきながら、町の南の岩場を探っていた。塩辛い水たまりをわたり、ある割れ目をよじ登った――そのてっぺんで彼女を見たんだ。青と緑の斑紋の散った甲皮、このうえなく優美なハサミ。彼女もおれを見て、おれと同じくらい驚いたみたいだった。おれは思わず求愛をはじめた。いつもとはちがっていた。おれのハサミはどうすればいいか心得てるみたいで、もっと複雑なバリアー信号へ彼女を進ませた。おれは体じゅうを震わせながら、ありったけの集中力を呼び起こしていた。ここまで進んだことはなかったんだ！　彼女がダンスをやめて、走り去るまで、すくなくとも二分近くはつづいていたにちがいない。

二分！　あと六分もあったら、きっとおれたちはカップルになってたはずだ！　考えてみろ！

興奮するじゃないか！

欲求不満にもなるが。

おれはため息をついて、ますます深く砂に身を沈める。あまり遠くないところにクイック・クローがいて、やっぱり沖を見つめてる。その向こうにはタイニーとギンピー。あいつらはなにを考えてるんだろう。たぶん、タイニーとギンピーには腹立たしかったにちがいない。いくら小さくても、いつの日かやりとげるチャンスがすこしはあるダチといっしょに時間を過ごすことは。そう思ったら、また頭に浮かんでくる。彼女のことが。青と緑の斑紋、うっとりするようなダンスを織りなすハサミ。彼女がハサミを突きだし、おれが生殖器を彼女の生殖孔にさしこむことを考える。生殖器を彼女の生殖孔にさしこむんだぞ！　彼女がハサミを突き出して、おれが生殖器を彼女の生殖孔にさしこむんだ！

考えるのをやめろ！　それくらいにしとけ。

それくらいにしといた。いまじゃムズムズするだけ。おかしな話だ、もうたいしたことには思えないのは。

こんどおれたちは、冬眠用の洞穴へは行かないだろう。氷結がはじまる前にくたばって、砂這いたちが甲皮やハサミをきれいに掃除してくれるだろう。おれたちの外骨格は、内陸の霊園塚に注意深く置かれるだろう。おれ、クイック・クロー、ソフト・ナット、タイニー、ギンピー、その他大勢の雄と雌は。もちろん、レッド・シェルはちがう。子供をもうけた者たちには特別な霊園がある。名前は〈祖先の聖骨箱〉。じきに町の人口の一部は、レッド・シェルの子供たちで占められるようになるだろう。

今日の太陽はえらく低いところまでしか昇らなかった。それが水平線まで沈み、海を赤く染めるところをおれは見まもった。町へ行って、酒場の引っこんだところにひとりですわり、酔いどれ藻を食らうことはできる。でも、それも難儀に思える。ここにただ横たわって、太陽が沈むのを見まもり、それがまた昇ってくるかどうか、たしかめるとしよう。

邪悪の種子

The Seed of Evil

中村 融◎訳

1

果てしなき時間。

情緒的感情というものが欠けているので、エーテルヌスはおのれを創りだした者たちを憎むことさえできなかった。しかし、孤独は知っていた。唯一無二の存在である彼は、おのれ以外の存在を切望した。

彼の存在には終わりもはじまりもなかった。周囲では創造と消滅という普遍的で絶え間ない振動が途切れることなくつづいており、渦巻く粉雪の蜃気楼のように、数多《あまた》の銀河が生まれては死んでいった。その終わりのない営為に目をこらせば、民族、帝国、世界が興《おこ》り、やがて衰え、ふたたび虚無に呑まれるのが見てとれた。そしてエーテルヌスは、みずからの生命がかならず終わりを迎えるという事実によって、その生命に意味をもたらされている無数の生きものを羨望した。彼自身の存在には終わりがないだろう。なぜなら彼は、永遠と無限をふたつながら知っており、あらゆる意味とパターンはそのなかで消えるものだからである。

エーテルヌスは物質ではなかった。が、時空の枠組みに刻印されていた。したがって、物質的なものにはじかに影響をおよぼせなかった。しかし、その意識をどこへでも、それこそ原子のなかへでも集束できた。そして呼びかけることができた。相手にそうと知られずに、その魂に訴えかけ、おのれのほうを向かせることができたのだ。

彼は事象のある組み合わせを探し求めた。有限の生物を物質の領域から連れだし、いまはエーテルヌスしか住んでいない、実体とは無縁の永遠に連れてくるような事象の組み合わせを。彼がひたすら渇望する他者の感情を経験するには、そうするしかないのである。存在の領域を調べると、善なるものは滅びるが、悪は最後まで生きながらえることがわかった。それゆえエーテルヌスは、貪欲と情熱から成る、ある持続的な連鎖に注意を向け、創造と消滅の波間に呼びかけの声を送りだすと、呼びかけ、呼びかけつづけた……。

2

二十二世紀初頭、太陽系にあらわれた系外からの訪問者は、二十世紀なら巻き起こしていたとしても不思議のない驚愕や衝撃とはほとんど無縁のまま迎えられた。ニュース・メディアは最初その事件を一面で報じたものの、数日後にはうしろの欄へ追いやり、翌年のファッションのすっぱぬきに熱中した。なるほど、科学界の好奇心はかきたてられた。だが、過度の興奮を生んだわけではなかった。この冷淡さにはふたつの理由があった。ひとつは、それが当時の風潮であったため。もうひとつは、過去百五十年にわたり順調とはいえないまでも発展をつづけてきた宇宙飛行の進歩に助けられた天文学が、恒星間宇宙には莫大な量の生化学物質が存在することを、とうのむかしに明らかにしていたためだった。誕生のための条件がととのったところであれば、生命が芽生えるのは必然であり、生物学がもはや惑星地球に特有のものでないことは、太平洋のある島に特有でないことと大差ないように思えたのだ。だからこそ、将来いつかの時点で異星の生命と接触するにちがいないという見通しは、百年以上にわたって広く受け入れられた事実だったのである。

その結果、プラズマ巡洋艦に乗せられた異星人が、月中継《トランスルナ》宇宙ステーションへ護送され、適切なバクテリア検査のあと、そこからロンドンのテムズ川を斜めに横切って不規則に広がるイグナトヴァ医療研究施設に護送されてから二週間のうちに、彼を研究する任務をあたえられたチームは――とにかく大部分の者は――すでに冷静な目で彼を眺めていた。太陽系外生命体としては、おそらく変哲のない個体なのだろうという判断である。

チームのメンバーのなかに、二十二世紀の生活の一部となっている、わざとらしい科学的な超然とした態度をありがたがる傾向に賛意を示さない者がひとりいた。外科医のジュリアン・フェルグである。ジュリアンはこう感じていた――ほかの者たちよりも自分のほうが異星人と親密な関係を結んでいる、なぜなら自分のメスは、手術台に載せられたその体をすでに探ったのだから、と。その出来事からまもないある日、床の高さに設けられた窓の輪から、気持ちのいい日光が大きなラウンジに射しこんでいた。ジュリアンの視線は、傲岸にもチームのメンバーをつぎつぎとなめていった。異星人に英語を教えるという偉業をすでに成しとげた言語学者のラルフ・リード。物理学者のハン・ソク。ジュリアンの目には杓子定規な人間に映る行政官のコードン。そして本人が根元的質問と呼ぶものを訪問者にぶつけたいと願っている宇宙論学者のハンス・マイヤー。

コードンをべつにすれば、ひとりひとりがサブチームの支援を受けている。ジュリアン自身は、生化学、生物学、医学の専門家六人を助手にしていた。もっとも、彼が執り行なった手術はささやかなものだったが。異星人が地球の大気を呼吸できるようにするための人工臓器の移植、そして人間の声を真似るための横隔膜のとりつけである。にもかかわらず、その生きものは自分のなすがままとなり、その化学的秘密は自分の手中にあったのだ。それを思うと、いまだに彼はぞくぞくした。

というのも、訪問者に関してすでに判明したひとつの事実があったからだ――彼は百万歳だったのである。

百万歳。その言葉を心のなかでこだまさせながら、ジュリアンはラウンジにいる六人めの人物を見やった——異星人その人を。

地球の生きものでいちばん似ているのは、おそらくゾウガメだろう。多少の修正をほどこして、なんとなく昆虫か甲殻類のような外見をあたえればの話だが。盛りあがった甲羅が、午後の陽射しを浴びて鈍く輝いている。その下には毛深い脚のへり、大顎、ときおりきらりと光る金属、あるいはなんらかの人工物が見てとれた。その生きものが新たに獲得したガス嚢——その新陳代謝に合わせるため空気を処理する器官——は、尾部でいささか不恰好な姿をさらしており、静かに脈打っていた。

もともとアルデバランの方向からやってきたのだと主張する異星人の説明によれば、その名は「不死身」と翻訳できるとのことだった。チームは彼のことを話すとき、不死身と呼ぶようになっていた。なぜ同僚たちが、さして興奮もせずにこの概念を受け入れるのか、ジュリアンにはさっぱり理解できなかった。

不死身が長い話を終えた。教養を感じさせる自信に満ちた口調は、その不恰好にふくらんだ体から出てくると、ひどく不釣り合いに聞こえた。長い内省的な沈黙が降りた。

とうとうコードンが口を開いた——

「すると、あなたは地球に永住する許可を願い出ていると受けとっていいのですね？」

「おっしゃるとおりです」

「それなら、その特権の見返りになにを提供してくれるんだ？」とジュリアンが乱暴に口をはさんだ。ほかの者たちは、いらだたしげな視線をちらりと彼に走らせた。その痩身で骨張った外科医の、熱っぽく尊大な口調でいつでも話に割ってはいる性癖に、だれもが眉をひそめていたのだ。

「なにも提供しません」不死身は先ほどと同じおだやかな声でゆっくりと答えた。「いま申しあげたとおり、わたしはここから数光年先で起こっている戦争から逃れてきました。この戦争は苛烈きわまりなく、わたしの種属で生き残っている個体は、わたしが最後かもしれません。わたしはここへ避難してきました。わたしがここにいることは敵に知られていませんから、影響がおよぶことはないでしょう。わたしは文明化された惑星で平和裡に静かな生活を送りたいだけなのです」

「お世辞がお上手だ」とマイヤーが意地悪くいった。

とはいえ、ジュリアンは異星人の答えに満足しなかった。

「あなたをもてなす見返りに、それ相応のものをもらってもいいはずだ」と彼は異議を唱えた。「たとえば、あなたの宇宙船は高速の恒星間航行が可能だ。いまのところわれわれが所有していない能力だ。そのエンジンを調査し、複製する許可をもらえるものと期待しても理不尽ではないだろう。あなたの持つ特別な知識が、べつの方面でもわれわれのテクノロジーを進歩させるのに役立つかもしれない。それに——もっとも重要な点だが——あなたが実質的に不死だという事実がある。もうお気づきだろうが、われわれの種属の寿命は非常に短いのだ。あなたの代謝作用の秘密を知ることに、われわれは大いに興味をいだいている」

大顎をカチリと鳴らしてから不死身は答えた。

「それはまた別問題です」よく調節された声が残念そうにいった。「率直にいって、わたしは取り引きをする立場に置かれるつもりはありませんでした。わたしの望みは、この惑星の市民として受け入れてもらうこと、すべての市民権を付与されることで、それには自分の選ぶ資産を処分する権利もふくまれます。あなたがたに恒星間エンジンをおわたしすることが、わたしの利益にならないことは、ご理解いただけるでしょう。わたしがあなたがたの惑星を選んだのは、平穏であまり知られていないからなのです」

ラルフ・リードが咳払いして、

「不死身の申し出は、きわめて合理的なものに思える」と、おだやかな口調でいった。「エンジンやその他のテクノロジーといった具体的な報酬と引き替えでなければ、彼の存在を認めないとしたら、野蛮のそしりはまぬがれないだろう。利益の観点から見るとすれば、彼をここに住まわせるだけでじゅうぶんな利益だとわたしには思える。不死身は異星種属、まったく異なる文化の代表であり、われわれに混じって存在するだけで、われわれ自身の文化を豊かにしてくれるだろう。そうではないかね？」

ほかの者たちが同意の言葉をつぶやいた。ジュリアンは怒りで顔を真っ赤にし、

「なんという莫迦げたいぐさだ！　われわれは、自分たちの強みがどこにあるのか、もはやわからなくなるほど堕落したのか？　たしかに――」

コードンがその言葉をさえぎった。

「まあまあ、フェルグ、この種のことには手順があるんだ。礼儀を忘れないようにしよう」彼は不死身にちらっと目をやった。ほかの者たちと同じように、いまの乱暴な発言に困惑しているようすだ。フェルグはこの数日のうちに厄介者となっていた。この男について前もって警告を受けていたらよかったのに、とコードンは思っていた。彼は立ちあがり、会見が終わったことを知らせた。

「さて、ミスター、あー、不死身、もちろんわれわれに決定権はありません。しかるべき官庁に諮《はか》らなければなりません。しかし、あなたの申し出をわたしがあと押しすることは確約いたします」

「感謝します」

一同がぞろぞろと出ていくあいだ、コードンはドアのわきで待った。ジュリアンが最後尾だった。出ていく前に、彼はおのれの無力さに腹を立て、不死身をちらっとふり返った。あの甲羅につつまれた体には、全宇宙でもっとも貴重な宝石がおさまっている。それなのに、この連中のおかげで手に入れられないようなのだ。

（いずれ時機が来る）と彼は自分に約束した。（こんどあいつを手術台に載せたら、そう

簡単には逃がさないぞ）

ようやくひとりきりになれて不死身はうれしかった。彼は特別あつらえの寝椅子に身を沈め、緊張をほぐして、悲しいもの思いに心を向けた。

長い存在の期間において過ごしたほかの愉快な時期をなつかしく思い起こす。血のように赤いアルクトゥルスの太陽の下、つい最近まで一万年にわたり暮らしていた高度な文明のことを。

彼は地球の人々に真実に近いことを語っていた。だが、真実のすべてではなかった。たしかに苛烈な戦闘があり、彼はそこからかろうじて逃げてきた。百万年のうちに彼が熟達したのは、遅かれ早かれ四方からやってくる追跡者たちをまくことだった。

だが、とうとう自分が疲れてきたことを感じとった。かつてはそれしか考えられなかった終わりのない逃走をつづける気分ではもはやなかった。ここが最後の避難所になるだろう――彼はそう直観し、恐怖とあきらめの混じった気分に襲われた。それでも、難を避けられるあいだは、きっとここで幸福でいられるだろう。

難を避けられるあいだ……ひょっとすると、長くはつづかないかもしれない。ジュリアン・フェルグ、あのいやなやつの態度に彼は狩りのはじまりをすでに嗅ぎとっていた。慎重に行動しないかぎり、あの外科医は打ちつづく悲劇に容赦なく引きこまれるだろう。打ちつづく悲劇――それが不死身の一生なのだ。

彼はこうした思いをめぐらせつづけた。太陽が地平線まで沈み、つかのま低い窓ごしに、なつかしいアルクトゥルスを彷彿とさせる赤い玉として見えていた。眠らない不死身は、太陽がふたたび昇るのを暗闇のなかで待った。

3

二十二世紀のロンドンはすり鉢形をしていた。

中心には、往古を偲ばせるよすがとして、いまだに古い国会議事堂が建っている。その周囲では無数の政府官庁が敷地を広げており、ついにはかなり広範囲にわたって以前の商業地区を呑みこんでいた。北はトッテナム・コート・ロード、東西はテムズ川の両方の湾曲部、南はウォタールーにいたる範囲である。とはいえ、建物の規模は慎ましく、大部分は保守的な二十世紀様式を守っていた。中心から出れば、大規模集合住宅《ハビタット》が階段状に連なり、郊外へ行くにつれ迫《せ》りあがっており、その外縁部の高さは、あと一歩で一マイルに届くところまで達していた。密集したハビタットから成る郊外は、明瞭な直線的構成を欠いているので、三次元のジャングルさながらだった——とりわけ、ロンドンっ子が庭園の楽しみを再発見してからは。遠目だと、きらめく湾曲した表面にそれらが溶けこみ、広大なアリーナという印象を都市にあたえている。周縁部のへりから太陽が顔を出せば、巨大なすり鉢は日だまりと化す。へりの下に太陽が沈んでも、無数の隙間から光が射しこみつづけ、光と影のパノラマで内部を満たすのだった。

ジュリアンの円盤形飛翔艇《エアプラット》はすり鉢のなかへ降りていき、雲霞《うんか》のように都市上空を飛び交っている交通にまぎれこむと、ある屋上の発着台に舞いおりた。コードンのオフィスはセンター・ポイント、すなわち、もっと現代的なほかの建物にとり囲まれている二十世紀の建物のなかにあった。ジュリアンは屋上の受付ホールを通りぬけ、行政官のオフィスへ向かった。

コードンが彼を待っていた。ジュリアンにそっけなくあいさつし、

「きみの質問はわかっているつもりだ。あいにくだが、きみは失望するだろう」と切りだした。

ジュリアンは勧められた椅子までせかせかと歩いていき、どさりと身を投げだした。もの問いたげにコードンを見やり、

「というと？」

「不死身は世界初の太陽系外移民として認可された。万事順調なら、五年以内に、彼は西ヨーロッパ市民権を付与されるだろう。きみの視点からものごとを述べれば、ひもつきでない認可が下りた。そして不死身は、テクノロジーの発達という問題を論じるのを辞退してきた」

「長寿の問題についてあいつに働きかけたのか？」

「ああ、きみの要求を彼に伝えた。だが、彼は協力する意思を見せていない。彼の言葉を借りれば、生物学的永続性に関する知識は、われわれのためにならないそうだ」

ジュリアンはいらだたしげに唇を引き結んだ。

「じつをいえば、あなたがた政府の人間の態度が、わたしには理解できない。この星はいったいだれのものなんだ、われわれの星か、それともあいつの星か？　あいつの船はどうだ？　没収するべきだ」

「しかし、なぜ？　あれは彼の財産だ。われわれは法にしたがって生きなければならない」

「法だと！　法などどうにでもなる。不死身が訴訟の弁護をだれに頼めるというんだ？だれにも頼めないだろう。あいつは、われわれの好意にすがるしかないんだ。とにかく、船は重要じゃない。重要なのは不死性だ。われわれが考えなければならないのは、それなんだ」

「きみには同意しかねる。たぶん不死身のいうとおりなのだろう。不死性は、われわれにとって災厄になるだろう。われわれの持っているものは、一切合切が現在の寿命を中心に築きあげられている。個人的にいえば、わたしはそれで申し分なく満足している」

「あなたはそうだろう」と、うなり声でジュリアン。「だが、それはどうでもいい。この世界のだれもが、それほど自己満足に浸っているわけじゃない。あいつから秘密を聞きだす方法が、かならずあるはずだ。あいつはどうやって生計を立てるつもりなんだ？　それとも、そいつも政府の厄介になろうというのか？」

「じつをいえば、答えはノーだ。援助を申し出たが、不死身に断られた。彼は本を書いたり、インタヴューに応じたりすることで金を稼ぐつもりでいる。たしかセント・ジョンズ・ウッドに家を買ったはずだ」

外科医は陰気な顔で考えこんだ。

「わたしの考えをいおう。この市民権うんぬんはナンセンスのきわみだ。ちくしょう、あいつを人間とまったく同じにあつかってどうする！　あいつは人間じゃない。宇宙から来た化けものなんだ。われわれの知りたいことを教えないつもりなら、力ずくで、肉体的な調査であいつから引きだすべきだ。数週間だけでいい、あいつの体をわたしにまかせてくれ。そうしたら、なにもかも探りだしてやる」

彼はひとつのありそうな可能性には触れないようにした――つまり、平均的な人間が、自分自身の代謝プロセスを詳述できないのとまったく同じように、おそらく不死身自身も、おのれを生かしつづけているものを知らないのだという可能性である。ジュリアンは、自分の提案する調査で被験者が深い肉体的損傷を負うことはほぼ確実だということも口にしなかった。とはいえ、そうほのめかしただけで、コードンは激昂した。

「まったく、フェルグ、自分を見失っているぞ！　そのような行為を考慮するわけにはいかん！　世界じゅうがなんというと思う？　それをいうなら、ボンがなんというと思う？」

ジュリアンは手をふった。西ヨーロッパの二重首都、ロンドンとボンとのあいだでしじゅう起きている小競り合いに巻きこまれることに我慢ならなかったのだ。

「進歩が重要だと考えられた時代もあった。いまわれわれは、知識を増大させる未曾有の好機に恵まれている。それなのに、だれも興味を示さないんだ」

「時代は変わるものだ」ジュリアンにとって、コードンは腹立たしくなるほど独善的で狭量に見えた。「いまや世界は安定している。あらゆる基本的問題に関して惑星規模の合意がある。物質的な富の問題は、公平な解決にいたっている。なぜこれ以上遠い夢を追い求めなければならんのだ？　人生は愉快だ。それを楽しんだらどうだ？」

世間に蔓延する文明の〈長い黄金の午後〉という哲学について、ジュリアンは一から十まで知っていた。彼に関するかぎり、〈長い黄金の午後〉は長い退屈にほかならなかった。退屈を耳に詰めこまれたような気がした。前の時代に生まれればよかったのだ。行動が重要とみなされ、見返りがじゅうぶんに大きければ、法という障害を人が破ることをいとわなかった時代に。

この場合、見返りはじゅうぶんに大きい。

彼は立ちあがった。

「永遠につづくものはない。時代はまた変わるだろう。そうなったらあの化けものは、身辺に注意しなければならなくなる」

ジュリアンが大股に部屋から出ていったとき、コードンはデスクを見つめるだけだった。


その夕刻、ジュリアンのエアプラットは、ロンドン大都市圏の南階層へと向かった。地上から五百フィートの高さにあるガレージに駐機し、隣接するアパートメントにはいる。そこに集まっている人々は、親しい友人か、ジュリアンの個人的な哲学に共感を寄せているので信頼に足る者のどちらかだった。彼らは現代の基準からはみ出す緊密な党派を形成していた。そしてひとり残らず——ある程度は——永久に生きることを望んでいた。彼らは冷笑的な容認の雰囲気で、コードンとの会見に関するジュリアンの報告に耳をかたむけた。とっくに承知していたのだ。

「退廃と臆病だ」ディヴィッド・オールがいった。「それでも、それが人生だ」

ジュリアンは大きな酒杯からワインを飲み、

「われわれはそれを手中にするだろう」

「おやまあ《モン・デュー》、それはすこし行きすぎではないかな」と、べつの声がいった。

「その件についてはすでに話しあった」

「たしかに。だが、真剣だっただろうか？」

「もちろん、真剣だったさ、このうすのろ！」ジュリアンは怒りに燃える目をさっと声の主に向けた。アンドレだった。なんとなくつかみどころのないフランス人だ。「わたしが白昼夢を見て時間を無駄にすると思うのか？」

アンドレは肩をすくめた。

「覚悟のできていない者は、いますぐここから出ていけ」ジュリアンは声を荒らげた。「密告したければ、当局に出頭して密告しろ。われわれはいっさいを否定するだけだ。この話はこれで終わりだ」

（とにかく二、三年後には実行するのだ）とジュリアンは内心で思った。

彼は返事を待たず、ワインの瓶をつかみとると、部屋の隅に引っこみ、寝椅子の上に体を投げだして、たてつづけに酒をあおった。

ウルズラ・ガイルがグループから離れ、澄んだハシバミ色の目で彼にほほえみかけた。

「そうすると、本気でやるのね？」かすかにドイツ訛りのある声で彼女がいった。

「当然だ」ウルズラの手首をつかみ、ジュリアンは彼女をカウチの上へ引きよせた。

「でも、リスクはどうするの？　だれかが裏切るかもしれないわ。あたしはどう？　あたしが裏切るとしたら？」

「裏切ったら、きみを殺す」

彼女は小声でクスクス笑うと、体を曲げ、彼の頬に自分の頬をすり寄せた。

「あなたのそういうところが好きよ、ジュリアン。あなたはとっても邪悪。あなたのなかに善意があるとは思えないわ」

「善なるものは滅びる。悪は生きながらえる」彼はつかのま混乱して首をふった。なんでそんなことをいってしまったのだろう？　早くも酔いがまわってきたようだ。

つぎの酒瓶を探して彼が部屋じゅうを見まわしたとき、ウルズラがその不安定な動きに気がついた。

「飲みすぎたんじゃないの？　明日の朝早く手術があるんじゃなかったかしら」

「かまうもんか。近ごろはすべての器具が電子制御だ。べろんべろんに酔っ払って手術することだってしょっちゅうさ。まだ患者を死なせたことはないよ」

酒と小型プレイヤーから流れてくる音楽のおかげで、すっかりくつろいだ気分だった。心地よい予感、つまり決定は下され、背水の陣を敷いたという気分を味わう。ほかの者たちが援助してくれるのは、まずまちがいない。いったいなにを失うというのだ？　自由か？　生命か？　どうせ二、三十年もすれば失うのだ。天秤の反対側にあるのは、永遠に生きる可能性なんだぞ。

彼の心のなかで、最終計画はすでに漠然と形をなしていた。まだ二、三年は実行に移すわけにはいかない。いまはまだ早すぎる。おまけに完了するべき準備がたくさんある。船がベストだろう、と彼はひとりごちた。必要なものを残らずそなえたヨット。それに乗って大洋を航行しているあいだに、探査の目をまぬがれて仕事を完了させるのだ。

そのあとに来るのが、異星人の不死の方法を人類に応用できるかどうかという問題だ。その蓋然性がどちらかといえば低いのは、全員が承知している。だが、犯罪はいうまでもなく、行動の哲学に身をゆだねる者など無法者に決まっている。そう考えをめぐらせるあいだ、ジュリアンの口が冷笑的にゆがんだ。

しばらくあと、彼はウルズラをとなりのベッドルームへ連れていった。そこでふたりは、情熱と活力でみずからを満足させた。そのあと、暗闇のなかで軽く息をはずませていたウルズラが、唐突に口を開いた。

「不死と引き替えになにをあきらめるつもりなの、ジュリアン？　これをあきらめるつもり？」

「なにもかもあきらめるつもりだ」と彼はいった。彼女はそれ以上なにも訊かなかった。ふたりとも暗い天井を見あげながら横たわり、終わりのない未来を想像していた。

4

機が熟したとジュリアンが判断するまで、五年の歳月が流れた。

不死身はきわめてうまく人間社会に定着していた。いまではときおりマスメディアに名前が出るだけで、内部をジョージ王朝風――異星人がほかのなによりも好むように思える様式――に改装した屋敷で隠者に近い生活を営んでいた。入用なものは、著書の収益でまかなっていた。ジュリアンは不死身の著書のすべて、とりわけ長々しい『アルデバランの社会体制』を丹念に研究したが、有益な情報は得られなかった。絶滅した種属がどのように〝快楽主義的階級秩序〟――どうやらそういうことらしい――を形成したかなどに興味はなかった。不死身は手堅いがオフビートなSF小説もたくさん書いていて、興味深いディテールも多少はあったが、生化学にはひとことも触れられていなかった。

二一〇九年七月十八日の夕刻、ジュリアンと仲間たちは行動を起こした。一台のエアプラットが光と影を出入りしながら北の郊外へ近づいていき、ハビタットのジャングルにはいりこんだ。

ジュリアンが艇を飛ばしており、うしろの座席にほかの四人が乗っていた。エアプラットは三次元の迷路をぬけていった。四方をとり巻くのは、贅沢な装飾のほどこされた壁、窓、扉、屋根、そしてほぼすべての屋上からおびただしく吊りさがっている庭園。まもなく一行は不死身の住居に到着した。

周囲の窓の大半にはすでに明かりが灯っていたが、不死身の屋敷は闇につつまれていた。ジュリアンは平らでがらんとした屋上、ドアの近くにエアプラットを駐めた。艇から降りると、ドアへ歩みより、あくかどうか試してみる。ドアは施錠されていなかった。ある雑誌のインタヴューを装い、彼は前もって屋敷の警報装置を下見に来たことがあった。どうやらひとつもないらしく、ジュリアンにいわせれば、手ぬかりもいいところだった。彼はほかの者たちを手招きした。四人は足音を忍ばせて彼のあとを追い、一行は薄暗い屋内へ降りていった。

ジュリアンはしばし立ち止まり、部屋の優雅な雰囲気を満喫した。不死身はたしかに趣味がいい。人間ではなく彼の体形に合わせて作られた家具の奇妙さをべつにすれば、ここは教養のある英国紳士の家で通るだろう。

異星人は階下の客間で見つかった。どうやら眠っているらしい。不死身がときに一週間もぶっ通しで眠りつづけることをジュリアンは知っていた。彼はポケットから小さなシリンダーをとりだし、目に見えないガスを放出した。部屋のなかの人間にとっては無害だが、アルデバラン人の場合は、深い昏睡を引き起こす。不死身は当分めざめないだろう。以前、不死身の医学的検査をしているとき、ジュリアンはその弱点に気づいたのだった。彼らは不死身の体をストレッチャーに載せた。驚くほど軽かった。

屋上のドアまでもどると、ジュリアンはすばやく周囲に視線を配った。人目があるとは思えない。彼は急かすように手をふり、チームに進めと合図した。数秒後、彼らの荷物は無事にエアプラットにおさまっていた。

ハビタット地区から慎重に出ると、エアプラットはふたたび広々とした空へ飛びだし、予定どおり南へ向かった。

それとほぼ同時にコードンは連絡を受けた。

五年前、ジュリアンの執念を感じとった彼は、予防措置を講じておいた。不死身の住居には盗聴器が仕掛けてあったのだ。

五年も無事がつづいたので、招かれざる客がアパートメント内にいるという知らせがはいったとき、監視当局の対応は遅れた。規定の手順にしたがって最初にとった行動は、行政官に連絡を入れることだった。

自宅にいたコードンは、驚愕と――最初は――不信の念をもってそのニュースを受けとめた。

「一味の映像を見せてもらえないか？」

監視オペレーターはおだやかな口調でいった。

「一味はすでに家を離れました。グリニッジ方面へ飛行中のエアプラットを追跡しています。お望みなら、いつでも捕捉できますが」

「いや、まだいい。不死身を誘拐する度胸があるのなら、これは計画された陰謀だ。行き先が判明するまで待とう」

誘拐犯の一味は、都市の南側に迫りあがる階層のなかに姿を消した。警察プラットは、海中の珊瑚礁を泳ぐ魚のように慎重に前進しながら、一定の距離を保ってそのあとを追った。

建物が複雑に入り組んだなかで、警察はじきに獲物を見失った。だが、心配はしなかった。二、三分もすればまた見つかるだろう。おそらくは目的地で。

そして見つかった。しかし、その数分のうちに、すでに手遅れとなっていた。エアプラットは、それが駐まった家と同じく、もぬけの空だったのだ。警察の反応は、近隣の建物を捜索したり、べつのエアプラットに乗り換えたという前提で考えたりすることだった。遠洋航行船に乗り換えて眼下の河川交通にまぎれこみ、すばやく外洋をめざすという経路は、かなりあとまでだれの頭にも浮かばなかった。

自宅から見ていたコードンは、悪態を吐き散らした。

地中海、平面《プラノ》ヨット〈ルーディ・ドゥチュケ〉の船上で、ジュリアンは意見が割れるという状況に直面した。

要するに、仲間が臆病風に吹かれたのだ。

「危険だよ《セ・ダンジエロ》、わが友《モナミ》」アンドレがむっつりといった。「いまごろは連中もやつを捜しているだろう。海にいると察しをつけられたらどうなる?」

「連中に察しがつくもんか、このまぬけ！」ジュリアンはいい返した。

「ごくわずかな可能性として考えるかもしれん、それだけだ。それに海の捜索に関していえば——いいか、いまこの瞬間、いったい何隻の船が外洋にいるか見当がつくか？　たぶん百万隻に近いだろう」

「そうはいっても」とデイヴィッド・オールが注意深く割ってはいった。「デッキの下にいるあの生きもの、でなければその名残を海へ放りこむまでは安全じゃない。すべてが片づくまでどれくらいかかるんだ？」

「最低でも数カ月。だから、おたおたするのをやめろ。それにけっして安全にはならない。そのことを肝に銘じておけ。後生だから、すこしは骨のあるところを見せてくれ！」

（仕事に目鼻がついたら、すぐにこいつらを始末してやる）と彼は自分にいい聞かせた。（いざとなれば、この連中は足手まとい以外のなにものでもない。夢が現実になりはじめたとたん、怖じ気づきやがる。ただし、ウルズラはべつだ。あの女を利用しない手はない。ほかの連中を合わせたよりも、あの女のほうが根性がある。おかしなものだ、女というやつは）

じつをいえば、不死身に実施する調査は第一段階にすぎない。獲得した知識をいかに応用するかという問題がつぎに生じる。その解決に何年もかかるのは、まずまちがいない。スエズ運河を通過し、インド洋に出るというのが彼の計画だった。そこなら西ヨーロッパの影響力は弱く、それに応じて逮捕される確率は減るだろう。不死身の始末さえつければ、陸《おか》へあがって、もっと時間のかかる段階へ仕事を進めることにする。インドは愉快なほど腐敗した土地であり、計画が成就するまで、申し分のない研究施設のもとで、法の目から姿を隠していられる場所を彼は知っていた。

十二分に英気を養ったと感じると、ジュリアンは仕事にとりかかった。

熟練した生化学者であるディヴィッド・オールをともなって、彼は船体中央のスペースへ降りていった。そこには必要になると思われる機能をすべて果たせるだけの機材がそろっていた。

ここなら異星人をばらばらにできる。筋肉のひとつひとつ、神経の一本一本、分子のひとつひとつまで。

手術台の上に安全ベルトで固定されている不死身をふたりとも見つめた。不死身の周囲には、あらゆる切断と操作を行なう電子手術具があった——ジュリアンはこの仕事を手先の器用さにまかせるつもりはなかった。しかも細胞レヴェルと分子レヴェルの仕事になるはずだった。仕事場の半分は、生化学的分析と神経系のマッピングに当てられている。追加の機材が必要だとわかっても、インドで手に入れられることはまちがいない。

「われわれには見つけだせないものだったらどうする？」とオールがいった。

「そうは思わんな。不死身の不死性は、やつの種属に生得のものじゃない——その点についてはかなり確信がある。そうだったら道理が通らないだろう？　いかなる生物学的組織も死ななければならない。さもなければ、それの住む生態系は用をなさん。おそらくやつは、人工的な手段で永続する生命を獲得したんだろう。その場合、獲得した方法を突き止めることは可能なはずだ」

ジュリアンがスイッチを入れると、ブーンという動力音が作業室に響きわたった。

「手はじめに、われわれの友人の心臓に変化があるかどうか調べよう。それで残りの仕事が不必要になるかもしれん」

スポイトを使い、刺激臭のある液体二、三ccを不死身の甲羅のすぐ下にある器官に投与する。安全ベルトで裏返しに固定されて、たくさんの付属肢をさらけだした異星人が、白濁した半透明の目をあけ、弱々しく身じろぎした。

その目がきょろきょろと動き、ジュリアンに焦点を結ぶ。

「きみは過ちを犯している……」横隔膜が弱々しい声でいった。

「過ちを犯したのはおまえのほうだ」とジュリアン。「われわれの望みはわかっているな。それを寄こせ。そうすれば助けてやる」

「無理だ……できない」

ジュリアンは間を置いた。

「二、三おまえに質問したい」と、しまいにいう。「答える気はあるか？」

「ある」

「第一に、不死性の秘密は、わたしに見つけられるものなのか？　つまり、分析可能なおまえの肉体の特質なのか？」

「そうだ」

「わたしの体に応用できるのか？」

「できる。きみが考えるよりも簡単に」

ジュリアンの興奮が高まった。

「なるほど、それはどういうものだ？　ここまで教えたのだから、最後まで教えたらどうだ」

不死身が身をくねらせた。

「頼むから、不死性を求めないでくれ。自分の欲望を忘れ、わたしにかまわないでくれ……」

「なんとしても突き止めてやるぞ！」不意に直観がひらめいて、ジュリアンは声をはりあげた。「おまえの体におさまっている特別な物質かなにかなんだな？　わたしの体に入れるには、それをおまえからとり去るしかないんだな？」

不死身が急に動かなくなった。まるで絶望に襲われたかのように。

「その推測はいい線をいっている。しかし、きみはその意図を捨てなければならない。きみは理解していないのだ。やぶ蛇にならずにすむ最後の機会だということを」

「おまえがこの場を逃れようとしていることは理解しているぞ。あいにくだが、この宇宙では、不足しているものはなんであれ、いちばん強い者のところへ行くんだ」彼はオールにちらっと目をやった。「このことはほかの連中にひとこともいうな。厄介の種になりそうなことを明かすのは、すべての事実を手に入れてからだ」

オールは顔を曇らせてうなずいた。

「では、仕事にとりかかろう。お休み、不死身。これで幕引きだ」

異星人にとっては瞬間麻酔であるガスを近くのノズルからさらに放出する。不死身の付属肢がいちどだけ引きつった。それからまた動かなくなった。

コードンがようやく一味に追いついたのは、船がアカバ湾を航行中のことだった。

ロンドンで獲物を見失って以来、彼はつづく二日間にテムズ川を下ったすべての船舶を識別し、捜索しようと躍起になってきた。その数は数千にのぼった。〈ルーディ・ドゥチュケ〉とジュリアン・フェルグをつなぐものはなにもなく、たいへんな骨折りの末にイスラエルの沿岸警備隊を説得し、厳密にいえば違法な捜索に当たらせたのだった。

そのときジュリアンの調査は、初歩の段階、つまり異星人の不活発な体から切りとった組織サンプルを利用した生化学的分析の段階にしか達していなかった。不死身は非常に幸運だった――深刻なダメージは受けていなかったのだ。

ジュリアンとデイヴィッドは仕事に没頭していたので、上空を飛ぶ警備隊の航空機の警笛を聞きそこなった。頭上のデッキから叫び声、とりわけウルズラの金切り声が聞こえてきたとき、ジュリアンはいらだたしげに眉をひそめて顔をあげただけだった。

「上へ行って、騒々しくするのをやめるようにいえ、デイヴィッド」彼は腹立たしげに命令した。「この件に関しては問答無用だからな」

オールはいわれたとおりにしようとした。だが、その瞬間、ドアが勢いよく開き、ベレー帽をかぶった沿岸警備隊員が戸口に立ちはだかった。長いこと彼らは突っ立ったまま、その場の光景を見つめていた。陽灼けした顔がみるみる青ざめる。

「なにごとだ？」ジュリアンは怒気のこもった声で叫んだ。「出てうせろ、きさまら！忙しいのがわからんのか？」

警備隊員たちは武器をかまえた。ゲーム終了だった。

裁判でジュリアンが頼みの綱としたのは、永遠に変わらぬ悪党の切り札――愛国心だった。

自分のやったことは、自分のためではなく、人類のためにやったことだ。

「政府が弱腰のときでさえ」と彼はいった。「可能な手段があるかぎり、人類は進歩しなければならないと信ずる者がいる。続行を許されていたら、わたしの仕事はこの惑星に計り知れない恩恵をもたらしていただろう」
刑が軽くなったのは、おそらくその大言壮語のおかげだったのだろう。彼の目論見どおりである。仲間たちは矯正施設で十年の刑期を務めることになった。一味のリーダーであるジュリアンは、十五年の刑を宣告された。

5

十五年後、釈放されたジュリアンは、自分の立場を徹底的に見直すことを余儀なくされた。彼はもはや三十代前半の若者ではなかった――四十八歳だった。監禁されているあいだ節制に努め、いまだに痩身で活動的であったものの、砂時計の砂は尽きかけていた。十五年前の冒険をくり返すという望みもなかった。彼の心のなかでは、自分の冒険全体が狂気の沙汰であり、ふつうの生活、さもなければその名残へ復帰するべきだという小さな考えがもがいていた。しかし、人生のもっと早い段階なら理にかなっているように思えたはずのその考えは、すぐに息の根を止められた。不死身の到来で自分のなかにある変容が起こり、かつては価値があるように見えた営みは、いまや色あせて不毛に思えるのだ、と彼は悟った。頭を占めているのはひとつのことだけ――永続する生命の獲得である。それにくらべたら、現在の生命など影でしかない。

厚かましさを発揮して、ジュリアンは不死身との最後の面談にまでこぎつけた。じつのところ、それは気まぐれに打った手、異星人の協力を得ようとする最後の試みだった。

面談はいくぶん緊張した雰囲気のもとで行なわれた。不死身とジュリアン、どちらかのいだいている感情のせいではなく、コードン、言語学者のラルフ・リード、二名の警官が同席しているせいだった。彼らは敵意をむきだしにしていた。その雰囲気でもジュリアンは、いささかの痛痒もおぼえずにいられた。

「わたしがここにいる理由はわかっているだろう」とジュリアンはいった。「おまえの長寿の秘密を人類にあたえてくれ、いまいちどそう頼みにきたのだ」

「人類はそれを望んでいない。きみひとりが望んでいる」と不死身が答えた。

「わたしひとりではない。ほかにもいる。どれくらい秘密を守っていられると思うんだ？いまのところ社会はおまえを保護する。だが、社会は変わるものだ。自分がどんなリスクを冒しているのか、未来の人間にどんな危険な目にあわされるとも知れないことがわからないのか？たとえ手段は授けられなくても、せめて情報くらい明かしたらどうだ。その特別な物質、あるいは生物学的措置、あるいはなんであれおまえを生かしつづけているものを複製する方法が見つかるかもしれん。そうすれば、おまえは未来の世紀において迫害されずにすむだろう」

「わたしは一か八か賭けることにする」不死身はわざとらしい中立的な口調で彼に告げた。

「さいわい、きみほど無慈悲で頑固な人間はまれだ」

「まれだ。しかし、存在するんだ！」癇癪を破裂させたジュリアンがしゃがれ声でいった。

彼はパッと立ちあがった。自分を見る不死身の目つきにいきなり気がついたのだ——カゲロウのようにとるに足りない短命の生きもの。異星人はその死を見届けるまで辛抱強く待てばいい。そう思うと、自分が愚かで卑しいものに感じられた。

「この育ちすぎの甲虫め、だれかがおまえを捕まえるからな！」

だしぬけに、彼は立ち去った。ラルフ・リードが安堵のため息をついた。

「なんと異常な男だろう！　とても信じられないな、外科医があれほど……そう、邪悪だとは。それでいて聡明だ。聞いたところだと、何千人もの命を救ったとか」

面談を通じてコードンは、おだやかにパイプをふかしていた。考えこみながら煙をくゆらせつづけ、

「フェルグも認めているが、あの男は不死身を——あなたご自身のことです、不死身——人格としては考えない。そうやって自分を正当化しようとする。だが、あの男は自分が命を救った者たちも人間とは考えなかったのだろう。あの男にすれば人類は存在しない。ただの実験対象でしかないのだ」

「そういう考え方をする人間は大勢いる。とりわけ実験科学の分野には。しかし、フェル

グとは似ていない」

「そう、彼はちがっている。あの男の場合は科学的な客観性じゃない。ほかのなにかだ。完全に、徹底的に利己的ななにかだ」

外へ出て、エアプラットのほうへ歩きだしたジュリアンは、ウルズラ・ガイルと鉢合わせした。

「ここまで追いかけてきたのよ」と、わけ知り顔の笑みを浮かべて彼女がいった。「好奇心に駆られて。こんどはなにを企んでいるの？」

「なにも。とにかく、きみの興味を惹くようなことは」

長く幅広い弧を描く階段の底にある居酒屋を彼女は指さした。

「行きましょう、一杯おごらせて」

ジュリアンはいわれるまま、彼女について居酒屋にはいった。彼女といっしょにそわそわと片隅に腰をおろす。目の前には白ワインの瓶。

ジュリアンは彼女を見つめた。十五年もたてば、どんな女も容色は衰えるものだ。しかし、彼女は依然としてかなり若く見え、ぞくぞくするような美しさを依然としてそなえていた。

「そうすると、本当につぎの誘拐を計画していないの？」

「ああ」

「それじゃあ、不死身との取り引きは？」

「取り引きはない。そのためにあそこへ行ったんだが」

彼女は残念そうに低い笑い声をあげた。

「心配しないで、あたしはもう狂った陰謀に加わりたくないから。ほかの人たちも同じ気持ちでしょうね。でも、ほかの人たちとちがって、あたしは巻きこまれたことを恨んではいないわ。恨んでどうなるものでもないし」グラスをかたむけ、「じつをいうと、あなたに会うのを心待ちにしていたの。考えたんだけど、あたしたち――」

彼が前に知っていたのと同じ、きらきら輝くハシバミ色の目で、彼女は親しみのこもった視線をジュリアンに走らせた。ジュリアンはあわてて目をそらせた。テーブルに手をついて体を起こし、立ちあがる。

「すまない、ウルズラ、時間がないんだ。ひとりでワインをあけてくれ」

うしろをふり返らずに彼は店を出ていった。

ジュリアンが不死身に対して使ったある言葉が、彼の戦略の要《かなめ》だった。いい、いい、社会は変わるものだ。彼はすでに好機をひとつ逃していた。つぎの好機をつかむためには、自分を何世紀か未来へ進めるだけでいい。

人体を――必要なら半永久的に――生命停止状態《サスペンデッド・アニメーション》に置く技術はすでに完成していた。

治療不能の病気に罹った数千人が、めざめたとき治療できるようになっているという望みにすがって実践していたのだ。いったんはじまれば、そのプロセスは消費電力を必要とせず、ジュリアンは独力で生存できるはずだった。

彼は莫大な資産の大部分を冷凍睡眠室に注ぎこんだ。必要とあらば、不死身を千年先まで追いかける覚悟だった。

もちろん、リスクがひとつあった。政府は異星人の小型恒星間船を没収し、人類を銀河へ連れていってくれるテクノロジーを引きだす代わりに、ジュリアンには気の狂った自己満足と思える態度で、その屋敷の地下にあるガレージに宇宙船を格納することをあっさりと許したのだった。ジュリアンがめざめる前に、不死身が地球を去ることは考えられる。しかし、ジュリアンはそうは思わなかった。アルデバラン人はすっかり落ち着いたように思えるし、もし著書のなかに書いたことが本当なら、彼に行ける場所はそう多くないのだ。

とはいえ、この点を留意して、ジュリアンは計画を極秘裏に進めた。彼の睡眠室はふたつの区画から成っていた――居住施設の役割も果たせる冷凍睡眠室と、いっそう精巧になっていることをのぞけば、〈ルーディ・ドゥチュケ〉に積んであったものの実質的な複製である、ひとまわり大きな部屋。睡眠室は恐ろしく耐久性に富んだ構造になっていた。錆びることも、朽ちることも、風化することもあり得なかった。新型の炭素結合素材で作られていたのだ。その素材の特性は、ダイアモンドのそれに匹敵するものの、高価すぎるだけでなく長持ちしすぎるので、ふつうの建築物には使えないのである。

　基本的なタイマーも同じ素材でできていた。ジュリアンは、地球のテクノロジーに作れるかぎり不死に近いものを準備したのだった。睡眠室とその中身の大半は――たくさんの外科用器具をふくめ――ロンドンそのものが崩壊し、消失したときでさえ、変わりなく機能するはずだった。もっとも、それほど長い旅に出ることを予期していたわけではなかった。第一段階としてタイマーを五百年後にセットした。その期間のうちには、もっとも高貴な社会さえもっとも下劣な社会に転落しかねないのを知っていたからだ。

　数世紀が過ぎた。西ヨーロッパの社会は多数の変転をとげた。不死身はその大部分を予想し、かなりうまく順応した。彼は目立たないが、永続的にロンドンに居住する無名市民となった。宇宙全般に興味を寄せるにもかかわらず、長い目で見れば内輪の営為にしか関心がないのは、人類という種属にまつわる風変わりな事実だった(不死身は、たいていの種属についてその事実を観察していた)。不死身はそれらの営為から身を遠ざけておく達人だった。

　しかし、ある肝心な点でジュリアンは彼を見くびっていた。コードンを見くびっていたのとまったく同じように。不死身は用心深かった。彼はジュリアンの消息をつかもうと心を砕いた。消息が不意に途絶えたとき、彼は代理人を雇って、ジュリアンが移動しそうな場所なら世界じゅうのどこでも彼の消息をつかもうとした。だが、消息はつかめなかった。

ジュリアン・フェルグは姿を消していた。

不死身はゆっくりと動く慎重な生きものだった。彼がすべての敵になによりも勝っている点は、敵よりも多くの時間があることだ。そして多彩な経歴において、彼が生命停止作戦に出会うのは、これがはじめてではなかった。彼の見たところ、それがジュリアンの打った手だった。

外科医の睡眠室の位置を突き止めることは、緊急を要する案件ではなかった。あからさまに問い合わせはせずに、不死身はその位置を突き止めた。ただ長い期間にわたって些細な事実を大量に集め、数十年におよぶロンドンの再建パターンを見まもったのだ。睡眠室がロンドンにあるという直観は、かなり早くに立証された。そしていくつかの候補地に関して法的な取り決めについて多少の探りを入れた結果、ジュリアンがみずからを隔離してからおおよそ百年後に、外科医の正確な居場所が明らかになった。

ある夜、二十三世紀スタイルのエアプラットが、都市の古びた半地下式の部分へ飛んでいった。この区域では照明システムが貧弱で、飛翔艇の輪郭を青白くきらめかせた。とうとうエアプラットは、ほこりだらけの路地にはいり、倉庫の下にある朽ちかけた建物の前で停止した。

不死身はエアプラットから降りた。その操作肢に、地球にはないタイプの道具をたくさん握っていた。プラスチックと石積みにネズミ穴を拡大したような小さな穴をあけ、その穴をくぐって彼はなかへ這いこんだ。

内部は漆黒の闇。そして奇妙に寒かった。カチリと音をたてて、不死身はその場にほの暗い明かりを灯した。人間だったらなにも見えなかっただろう。荒廃した建物の奥に、なめらかで冷たい睡眠室の外壁がとうとう見つかった。

不死身は持参したべつの切断器具のスイッチを入れた。その細いビームは、マッチに火を灯すほどのエネルギーさえ伝達しない。それなのに、素材の結合部をきれいに分離させ、あざやかに一部を切りとった。室内では、不活性ガスのアルゴンを封入したシリンダーの内部に、青ざめて死んでいるジュリアンが見つかった。

アルデバラン人は人殺しではなかった。彼の行為は予防的なもので、攻撃的なものではなかった。タイマーを見つけ、しばらく調べたあと電源を切り、蘇生装置を活動しないようにしたのだ。ジュリアンの生命停止状態は、いまや外部からの助けなしでは終わらない。自分の仕事に満足して、不死身は睡眠室の壁にあいた切れ目を修復し、自分が侵入したほかの証拠を消して、立ち去った。

6

ロンドンは崩壊し、ふたたび興隆した。千年が過ぎ去り、地形さえ変わったが、湖にとって代わられた一時期をのぞいて、ロンドンのあったところには、つねに都市が立っていた。そのあいだずっと、不死身は人間社会の周縁に住みつづけた。永生の隠者、丘の上の賢者、口寄せなど、迷信的な悪意から身を守るイメージを自分のために作りあげて。

都市の周期的な再建のあいだに、ジュリアンの冷凍睡眠室は、たびたび白日のもとにさらされそうになった。睡眠室が開かれそうになるたびに（テクノロジーは進歩と後退をくり返すので、かならずしもこれが可能というわけではなかった）不死身が介入し、手を触れずにおくよう当局を説得した。彼の働きかけで、とうとう睡眠室は都市を見晴らす北方の丘の上に移された。

しかし、ホモ・サピエンスの時代そのものがついに過ぎ去った。

不死身は長いあいだ終焉の時が訪れるのを眺めてきた。だが、長年にわたる主人たちにそのことをほのめかしはしなかった。人類の科学者は、進化の法則をまるっきり理解しなかった。動物の個体に天寿があるのとまったく同じように、種属全体にも天寿があり、それは遺伝子によって前もって決められているということを理解していなかったのだ。支配的な種属を作った自然は、それを時代遅れにし、べつの種属で異なることを試すのを好むのだ。このため進化上の変化は、ときに突如として進行する。ホモ・サピエンスは、数百万年でも数年でもなく、数万年の期間で霊長類の系統から出現した。そして種属の死は、誕生とまったく同じように突如としてやってきたのだ。遺伝時計の砂が尽きるにつれ、出生が減少し、社会は瓦解して、人類の活力は完全に消滅した。

最後まで生き残った人間たちが息絶えるあいだにも、自然はすでにその後継者を準備していた——ルプス・サピエンス、知恵のある狼である。


廃墟から数マイルのところにある掘っ建て小屋のなかで、不死身は長い瞑想の期間を終えた。彼はある結論に達していた——主人役を務めてくれた種属は去った。新しい支配種属の隆盛は激動の時代をもたらし、その時期を生きのびるのはむずかしいだろう。ゆえに、また移動するときが来たのだ。


目をさましたとき、人工横隔膜がしゃがれた声を出した。最後にとり替えてから四千年近くがたっており、それは朽ちかけていた。時間が見つかったら、すぐに捨てるとしよう。

彼はドアの掛け金を持ちあげた。木製のドアがきしみながら開き、一陣の寒風が吹きこんできた。彼は茫漠とした荒野へ這いだし、肉食の狼にそなえて用心深く目を光らせながら、廃墟めざして歩きだした。狼とは武装休戦の状態にあったが、いつなんどき新たな攻撃を仕掛けてこないともかぎらない。それはわかっていた。

無事に廃墟にたどり着いた。最後に訪れたときからほとんど変化はなかったが、野営地の防備を固めるのに利用するため、狼たちが煉瓦積みを壊しはじめていた。とはいえ、彼らはまだ金属加工の技を習得しておらず、彼の宇宙船がおさまっている地下室は無傷だった。もっとも、狼たちの粗雑な道具の痕が残っていたが。この崩れた瓦礫のただなかで、その地下室は場ちがいなほど整然として見えた。雨にきれいに洗われた完璧なドームである。なかへはいろうとすると、錠前が渋々ときしみをあげた。内部のほの暗い光のなかで、不死身は飛行にそなえて船の準備にとりかかった。

星間船《スターシップ》は、数世紀毎に補修を受けており、部品の一部をとり換えることがむずかしいにもかかわらず（素材のなかには、太陽系ではまったく手にはいらないものもあった）、いまだにかなり良好な状態にあった。三日のうちに、船は恒星間飛行にふさわしい、あるいは望めるかぎりふさわしいと思えるようになった。これで残っているのは、星図から針路を選びだすことだけ——数時間ですむ仕事だ。しかし、その前に、不死身の心に引っかかっている些細な問題がもうひとつあった。遠いむかし、彼は旧敵ジュリアン・フェルグを本人が創った牢獄へ閉じこめた。その敵が永遠に生ける死を宣告されることは、彼の良心が許さない。フェルグがこれから目をさます世界は、愉快なものではないだろう。すぐに命を落とすかもしれない。だが、フェルグはその世界で生きながらえる望みに賭けるしかないのだ。

やはり地下室に格納しておいた小型航空機の準備をし、スターシップの動力源からエネルギーを充塡する。それからドームの発進ハッチをあけた。夜のとばりが降りていて、星明かりが射しこんできた。尾部から火の粉を散らして航空機は舞いあがり、北へ向かった。

狼たちの野営の焚き火を飛び越える。不死身は眼下で展開されている情景を想像し、地球はもはや自分にとって住みかではないという見解を新たにした。

ジュリアンの墳墓に到着すると、時間をかけて土と草木をとりのぞいてから、遠いむかしにあけた開口部を開いた。内部では、時間の経過の影響を受けないまま、ジュリアンがこの前と変わらぬようすでいまも横たわっていた。その羊皮紙のような白い顔を見下ろしたとたん、悲しげなほほえみに当たるものを不死身の大顎が浮かべた。この男に恨みがあるわけではない。ジュリアンは勇気のある虫けらで、なんとかそのはかない命を長らえ、長命のアルデバラン人に挑戦しようとした。だが、その短所はあまりにも重く、天秤はそちらにかたむいているのだ。彼の邪悪さと貪欲さについていえば、不死身はろくに考えもしなかった。

蘇生機構が使用可能だと判明すると、タイマーを数時間後にセットしてからスターシップへ帰還した。針路の算出には予想よりすこし時間がかかり、星間エンジンを長い眠りからさましたときには早朝になっていた。自分にとっては短い期間であったが、身をかくまってくれた惑星に郷愁をこめて最後の一瞥をくれてから、不死身は離陸した。推進ユニットが空間の枠組みをつかんだとたん、劣化した船体構造がエーテル渦流のなかでかすかにうめいた。不死身は計器を走査し、憂慮に駆られて故障の徴候に目を光らせた。彼がほどこして災厄が生じたのは、空中に数百フィートしか昇っていないときだった。

きた補修にもかかわらず、船はあまりにも古すぎたのだ。無気味なピシッという音が船尾から聞こえてきた。有毒ガスがキャビンに充満する。船は墜落をはじめ、不死身は死にもの狂いで制御装置と格闘した。

不死身が地球を離れようとしたときには、さいわいにも、ジュリアンはすでにめざめていた。

冷凍睡眠システムはこのうえなく効率的で、驚くほど短時間に彼はすっかり回復していた。意識がよみがえると、自分の眠っていたシリンダーのふたが自動的に開いており、自分がすでに呼吸していることがわかった。

手足は最初のうちこわばっていたが、彼はシリンダーから這いだした。心はすでにこれからの仕事へ飛んでいた。それからすばやく部屋を点検すると、予想外の状態だと判明した――壁にはきれいに穴があけられ、炭素結合でダイアモンドの硬さになっていない機材のなかには腐食しているものがあり、千年に合わせてある自動式カレンダーが止まっているのだ。とどめは壁の穴ごしに見えたもの――丘のふもとへ広がっている木々と新緑の光景だった。木々とその近くの花々は、彼には見慣れない種類だった。

苦悶の叫びがジュリアンの唇からほとばしった。開いた本を読むくらい簡単にわかった。異星人に出しぬかれたのだ――蘇生装置の電源を切られ、悠久の歳月を眠りとおしてきたのだ。いまごろ不死身はとっくに地球を離れているだろう。ひょっとしたら何百年も前に。

そう悟ったジュリアン・フェルグは、みじめな気分と失望に襲われて、あやうく気が狂いそうになった。永続的な感情的ダメージを負わずにすんだのは、ひとえにあることのおかげだった。彼は開口部へ近寄り、睡眠室が実質的に丘の中腹に埋まっていることに気づいた。そして外に目をやり、空気を嗅ぐと、嗅ぎなれないにおいがした。ちらっと視線をあげると、煙の尾を引きながら空中を降下してくるものが目に飛びこんできた。それが不時着に向かうあいだ、不死身のスターシップだと思いあたり、ジュリアンにとってなにもかもが一瞬にして変化した。船の着陸地点を特定するが早いか、封印されていた箱から武器と道具をつかみとり、彼は無謀な追跡に出発した。

スターシップの墜落地点は、睡眠室から三マイルほどのところだった。ジュリアンがそこへ着いたとき、不死身は船から這いだして、意識を失っていた。緑と紫の花に埋もれるように横たわっている。

ジュリアンは早くも状況に順応しつつあった。彼にしてみれば、冷凍睡眠室に横たわっていた悠久の歳月も、主観的には数分としか感じられず、自分の立場を把握し直すのにさして苦労はいらなかったのだ。不死身が目をさまし、手がかかるとわかった場合にそなえて、麻酔スプレーをとりだす。しかし、その中身は変性したか、漏出したかのどちらかで、スプレーはなにも吹きださなかった。それを放りだした彼は、不死身を冷凍睡眠室まで運ぶという問題に頭を悩ませ、橇を作ることを思いついた。

ナイフをとりだし、手近の若木を何本か切り倒すと、一、二度失敗したあと、使いものになりそうな——と彼は思った——間に合わせの乗りものをこしらえた。それから、きしみをあげるスターシップの内部にはいりこみ、なにが見つかるか調べた。

小さなキャビンには、見慣れない物体がたくさんころがっていた。あとでとりにもどって来よう、と彼は自分に約束した。ふたたび幸運に恵まれた。というのも、捕虜を即席の橇に縛りつけるのに理想的なロープのような安全ベルトもあったからだ。ジュリアンは喜び勇んでふたたび仕事にとりかかり、長い草で縛りあわせた樹幹に異星人を載せ、しっかりと固定した。不死身は一、二度意識をとりもどしそうになり、横隔膜が弱々しく音をたてた。ジュリアンはそれを無視した。

不死身は甲羅の下にある道具を固定していた。長さ一フットの細長い円筒で、外見からすると武器であるのかもしれない。ジュリアンはそれを奪いとり、ためつすがめつした。人間の手に合わせた設計ではなかったものの、親指がボタンを探りあてた。彼は一本の木に円筒を向け、ボタンを押した。輝く鉄の色をした鈍い赤色のビームがあいだの空間を走ったかと思うと、つぎの瞬間、木の色が変わり、粉々になった。

彼はにんまりし、万能服のベルトにその武器を突っこんだ。すでにさげている銃と並べる形で。

深い芝の上で荷物を引きずりながら冷凍睡眠室へ向かうと、じきに汗が噴き出てきた。だが、彼は足を止めなかった。ジュリアンの計算では、あと一マイル足らずの道のりだというところで邪魔がはいった。まず近くの草むらがガサガサと大きな音をたて、つづいて地球の後継者の二頭が姿をあらわしたのだ。

ある意味で、彼らはグロテスクなほど人間に似ていた。四本足で歩くのと同じくらい易々と二本足で歩行できる。前足はものをつかむのに適した形になっており、その先は枝分かれして、がんじょうで、ずんぐりした指になっている。先頭の狼は、その前足の片方に石斧を握っていた。

ジュリアンは呆然と彼らを見つめた。相手も同じように見返してきた。と、先頭の狼がしゃがみこみ、歯をむきだしてうなると、斧をふりかぶり、飛びはねるようにして襲いかかってきた。泡を食ったジュリアンは橇の長柄を放りだし、ベルトに挿してあるピストルをつかんだ。爛々と光る黄色い目が間近に迫る。つぎの瞬間、ジュリアンはピストルをぬいて発砲した。

銃声がけたたましく鳴り響いた。狼は地面にたたきつけられ、口をパクパクさせながら横たわった。傷口から血がにじみはじめる。後続の狼は一瞬ためらったが、すぐに身をひるがえして、飛びはねるようにして逃げていった。

慎重に狙いをつけ、ジュリアンはもういちど引き金を絞った。弾《たま》は発射しなかった。罵声を発して、不死身の武器を引きぬき、赤いビームで逃げていく動物を片づけた。

試してみると、銃にはいっている残りの弾はすべて不発だと判明した。そうとは知らずにあべこべのロシアン・ルーレットをしていたわけだ。そして命を救ってくれるただ一発の弾を引きあてたのだった。たしかに今日はツイている。それに不死身の武器があれば、身を守るのに苦労はしないだろう——エネルギーが保てばの話だが。

油断なく警戒をつづけながら、彼は進みつづけた。襲ってきたのは、狼のような祖先の血を引く生きものだ、とすでに察しをつけていたが、その意味するところに頭をひねって時間を無駄にはしなかった。ありったけの集中力を目の前の仕事に注ぐしかなかったのだ。

それ以上は狼に出会うこともなく、冷凍睡眠室へたどり着いた。なかへはいってしまうと、まず身の安全の確保に努めた。不死身がえぐりとった壁の一部を見つけ、手術台と合わせてそれを使い、開口部をまたふさいだのだ。断固たる攻撃には持ちこたえられないだろうが、それでもまだ異星人の銃がある。

それから不死身を睡眠室の奥の部屋へ運びこみ、メインの手術台に安全ベルトで固定した。それがすむと、休息をとり、そのあいだに不死身が目をさました。

異星人が意識をとりもどしたのがわかった。もっとも、言葉を発したわけではなかったが。代わりに、不死身は周囲を見まわしているようだった。まるで自分の立場を値踏みしているかのように。しばらくしてジュリアンが起きあがり、機材を点検しはじめた。ようやく不死身が質問を発した。横隔膜を通した声は、かすかに耳ざわりだった。

「どうやら、思いとどまらせようとしても無駄なようだな」

「まったくの無駄だ」

内心でジュリアンは心配していた。機材の多くは依然として良好な状態にある――外科用器具のように、非腐食性の素材でできている部分は。しかし、その多くは役立たずだ。たとえば、もはや試薬がない。そのため化学検査を実施するのはむずかしいだろう。できる調査といったら、外科的な解剖くらいだ。

意気阻喪するような挫折への不安が、またしてもこみあげてきた。だが、彼は必死に自制心を保った。ひょっとすると自分の知りたいことを探りだすには、拷問がいちばん効果的な方法かもしれない――彼は自分にそういい聞かせた。

不死身に歩みより、道具を並べはじめる。

「麻酔はないんだ」彼は申し訳なさそうな声でいった。「あいにくおまえの種属は、かなり高度な神経感応性をそなえているのだろう。気を楽にしろ、不死身。協力すれば、早く、苦痛もすくないようにしてやる」

そういいながら、どれくらいの苦痛をあたえれば、不死身はすでに獲得している不死性をあきらめるだろう、と彼は思った。自分だったら、どれほどの苦痛でもあきらめないだろう。不死身も同じ意見にちがいない。

にもかかわらず、ジュリアンは異星人を相手に手術をはじめた。不死身は裏返しになった巨大な甲虫のように仰向けに固定されていた。施術のなかには純粋で単純な拷問もあり、不死身の解剖学的構造や神経系の調査もあった。不死身は押し殺した悲鳴を何度もあげ、いましめの許すかぎり大きくもがいた。だが、それだけだった。ジュリアンは被験体を殺してはならないことを意識にとどめ、慎重にことを進めたが、その点についてはあまり心配していなかった。不死の生物は、きわめて苛烈な肉体的失調を生きのびる能力をそなえているにちがいない、と推論したのだ。しばらくすると放心状態になり、拷問そのものを目的とするのをやめ、研究の楽しみにふけりはじめた。

脳髄のすぐ下に球体がおさまっていた。真珠に似ていて、直径は二インチ。

そのピカピカ光るボールをどっしりした神経節がとり囲んでいたが、神経は——軸索も樹状突起も——じっさいにはつながっていないようだった。そのとり合わせは、美しい完璧な卵のおさまった巣のようだった。ジュリアンの見たところ、その球体は不死身の肉体に生得のものではなく、人工物だった。彼はじっくりと調べた。

「脳髄のすぐ下にある真珠のような球体をとりのぞいたらどうなる?」異星人に意識があるのをたしかめながら、彼はたずねた。

返事はない。そこでジュリアンは、ゆっくりと慎重に、脅迫を実行に移した。カリパスではさんだ真珠を光にかざし、うっとりと眺める。魂を奪われ、引きつけられ、吸いよせられるような気分だった。球体は彼の心のなかになにかを放射しているようだった。その光がなければ真っ暗闇のなかの蠟燭のように。

震えるため息が、不死身の横隔膜から漏れた。

「では、終わったのだな」まるで苦痛の霧を通すかのように、彼はゆっくりといった。

「これがわたしの探していたものなのか？」とジュリアンがつぶやく。

「〈種子〉……〈邪悪の種子〉だ」

ジュリアンは真珠を掌に載せた。なめらかで、ひんやりした手ざわりだ。

「おまえにはもう身を守るものがない」とジュリアン。「なにもかも説明したらどうだ。そうしてくれればありがたい」

ひどく苦労して不死身が答えた。

「わたしが守ろうとしたのは自分ではない。きみだったのだ。最後にもういちど、思いとどまるよう説得させてくれ。きみが手にしている〈種子〉は、きみの呼び方にしたがえば、不死性への手段だ。適切にいうなら、生物学的永続性。必要なのは、その〈種子〉をきみの体内に入れることだけ。呑みこむだけでいい。それはもっとも適切な場所へひとりでに移動し、そこで体機能のすべてを再調整するからだ。その再調整は完璧をきわめるので……生物学的な永久運動が達成される。ふつうなら腐敗を引き起こすプロセスは、ひとつ残らず無効にされる。〈種子〉の特性のすばらしさは、それにとどまるものではない。宿主にとって重大きわまりない損傷を修復するのだ。たとえ肉体が完全に破壊されても休止状態となり、やがて生物学的物質——ただの腐植土であってもかまわない——と接触すれば、その肉体の再構築にはげむだろう。そしてたいてい成功するのだ。したがって、死ぬことはまずあり得ない。自殺することさえ不可能なのだ。その仕組みを終わらせる唯一の方法は、〈種子〉をとり去り、ほかのだれかにあたえることだけ。その結果、〈種子〉は古い肉体を捨て、新しい肉体に奉仕するだろう。考えられるかぎり、宇宙のいかなる生命体にも適応できるのだから」

「これまでのところ、思いとどまる気にはとてもなれんな」とジュリアンが口をはさむ。

「そのような一生を耐えがたくするものはなんだと思う？」

ジュリアンはちょっと考えてから、

「それを失うという恐れか？」

「ちがう。罪悪感だ。それを盗んだという罪悪感だ」

ジュリアンは陰気な笑い声をあげた。

「わたしが罪悪感をおぼえる人間に見えるか？」

「見えない。だが、きみは変わるだろう。〈種子〉を受けとる者はみな変わる。数百万年がたてばなにもかもがちがって見えるのだ——いや、数千年でさえそうだ。それどころか、数百年たっただけでも、きみは罪悪感に苦しんでいるかもしれず、永遠にそれを耐えなければならない――永遠でなければ――」

　不死身の言葉は、耳ざわりな苦悶の声で中断された。

「このすばらしい装置がどのように作られたのか知りたいものだな」不死身の苦痛には心を動かされず、ジュリアンは考えこんだ。

　異星人は、説明を再開できるほどには回復したようだった。

「わたしが知っていることを教えよう。〈種子〉の起源は歴史のなかに失われている。だが、まことしやかな伝説がある。それを創ったのは、わたしが名も知らない生物種属で、その目的は犯罪者の刑罰だったのだ」

　睡眠室の壁を引っかく音にジュリアンの注意はそらされた。彼は不死身があけた裂け目へと急ぎ、耳を押しつけた。すると、あたふたと動きまわる音が聞こえた。狼だろうか？それとも、ただの動物なのか？

破壊光線銃《デス・ビーマー》をつかむと、彼は不死身のもとへもどった。不死身の最後の言葉が腑に落ちなかった。

「話をつづけろ！」と彼は鋭い口調でいった。

「わたしの体力は失われつつある」と不死身。「それでもあえていうが――いま話題にしている生物たちは、彼らが経験した最悪の犯罪者、口にするのもはばかられる行為に進んでかかわり、良心のとがめも受けない個体に対処するという問題に直面した。もっともふさわしい刑罰は、まず彼を作り替え、つぎにおのれの犯罪を絶え間なく後悔させることだ、と彼らは決定した。不死性はこの両方の目的にかなった。しかもそれだけではなかった。きみが喉から手が出るほどほしがっている生命には、べつの側面があるからだ。つまり、きみだけが所有する不死性をほしがる者たちによって狩りたてられる運命にあるということだ。こうして〈種子〉を創った者たちは、きみもわたしもその一部である事象の連鎖を始動させた。どこへ行こうと、〈種子〉はもっとも邪悪な生物をみずからのもとへ引きよせる——同じ罠に何人の者がはまってきたのか、だれも知らないのだ！　不死を盗むために絶え間なく狩りがつづいてきたのだよ！」

「持つ値打ちがあるものは、闘って勝ちとる値打ちがあるものだ」とジュリアン。「その後悔とやらについていえば、おまえには苦しみの元だろう。わたしには、そんなものは無縁だ」

「いまのところはそうだ——きみは変わるだろう。まだ最悪の部分を話したわけではない。最悪なのは、最終的にはきみの存在そのものが、ほかの不幸な者を引きよせ、同じ犯罪に手を染めさせ、同じ刑罰を受けさせることだ——わたしがきみにしたように。わたしは、かならずしもいまきみが知っている無害な生きものではなかったのだよ、フェルグ。ああ、せめてきみが知っていれば——わたしはきみの百倍も邪悪だったのだ！　わたしは〈種子〉を盗んだ、きみが盗んでいるように。そして苦しんだ、きみが苦しむように。頼むから、〈種子〉を受け入れないでくれ。死ぬんだ、フェルグ、死んだほうがましだぞ！」

最後の最後まで自分を騙そうとする不死身の言葉をジュリアンはさえぎった。〈種子〉の奇跡的な能力に関する主張さえ嘘かもしれない。ひょっとしたら、その小さな球体は毒入りのカプセルなのかも。ジュリアンは一か八か賭けるしかないと心を決めた。

「はるばるここまで追ってきたあとにか？　わたしはいまさらためらったりしないぞ」

球体は大きすぎて呑みこめないように見えた。が、試しに口に入れてみた。唇に触れるや否や、それは生き返ったように、ピリピリしてきたように思えた。ひとりでに喉をつるりとすべり落ち、大きな重い玉のように胃袋におさまるのを感じた。それはゆっくりと吸収された。

　重々しい打撃音が全身に響きわたった。あたかも巨大な空洞が体の隅々まで満たしたかのように。

　周囲との接触が失われ、巨大で理解できないなにかに引きこまれたように思えた。果てしない虚空に浮かんでいるように思え、ふと気がつくと、かつて知りあったすべての人々が、めまぐるしい速さでつぎつぎと意識の前を流れていった。ワインのグラスごしに最後に見たときのウルズラ・ガイルのイメージが、しばしとどまった。その明るいハシバミ色の目が、悲しげに彼を見つめていた。これらの人々は、ひとり残らずとうのむかしに非存在という虚無へ消えたことがわかり、ジュリアンは不可解にも彼らを羨んだ。やがてその光景はますます広がり、自分がヴィジョンを授かっているのだと悟った。自分もその一部である一連の事象は、〈種子〉の創られるはるか以前にはじまっていたことがわかった。時間を見通し、遠い遠いむかしまでさかのぼると、やはり不死を創造することに成功した種属が生きていた——正真正銘の不死、数十億年のうちにひとりでに消滅する〈種子〉を所有するにいたった者よりもはるかに完全な不死である。彼らは空間の枠組みに人工意識を刻印することでそれを実現した。それは根絶することができなかった。

その意識が彼に呼びかけていた。そもそも、その呼びかけがあったから〈種子〉が創られたのだ。どういうわけか、いつの日か、〈種子〉につながれた生物の一体が、いずれ時が来れば、物質の領域からさらいあげられ、エーテルヌスの状態——生命のいかなる意味もなく、終わりもない生命——を分かちあうことになるはずだった。

エーテルヌスの声がジュリアンに届いた——（おまえはわがひとり息子。おまえにはことのほか満足した）その冒瀆の言葉を聞いて、自分がこれから永遠の伴侶とする大いなる恐れをジュリアンは経験した。

ふと気がつくと、それは短い悪夢のように終わっており、彼は不死身のかたわらに立っていた。異星人はしゃべっていた。その声はますます弱くなっていく。

「聞こえるか、フェルグ？　狼の声が聞こえるか？　恐れるな——きみは彼らとうまくやっていくだろう。きみはリーダーになるだろう。はじめて会ったとき、きみのなかに狼を認めたことを憶えている。きみ自身の民のもとへようこそ――そして、わたしを解放してくれることに感謝する。運がよければ、彼らの一頭がじきにきみを捕まえるかもしれない。とはいえ、〈種子〉はきみを闘わせるだろう。それもやはり〈種子〉の機能のひとつなのだ――」

ジュリアンはあわてて「〈種子〉をだれかにわたすにはどうすればいいんだ？」といった。しかし、不死身は答えなかった。アルデバラン人がついに息絶えたことを彼は悟った。

外では、狼たちが遠吠えをはじめた。

ベイリーの短篇について——訳者あとがき

中村　融

ここにお届けするのは、イギリスの作家バリントン・J・ベイリーの日本オリジナル短篇集である。

作品の選定と配列は大森望が行なった（大雑把にロンドン篇＋船篇＋異星生物篇になっているとの由《よし》）。とすれば、編者が解説を書くのが筋なのだが、諸般の事情で訳者の片割れである筆者がピンチヒッターを務めることになった。大森氏の名調子を期待された方には申しわけないが、しばらくおつき合い願いたい。

さて、ベイリーといえば、「SF界のボルヘス」という異名が示すとおり、形而上学的な思弁と、大時代なスペース・オペラ風のプロットを融合した特異な作品で知られる。時空を手玉にとる作風から、わが国では「ワイドスクリーン・バロックの巨匠」とも呼ばれる。

「形而上学的思弁」などと書くと、なんだか恐ろしげだが、ベイリーの場合、「時空はなんでこんな性質なんだろう。べつの性質でもいいじゃないか」という発想のもとにくり広げられる疑似理論の構築（あるいは妄想）である。たとえば、宇宙に岩石が充満していたら、チェスの駒のようにしか空間を移動できなかったら、全宇宙が直径数キロに縮んだら……といった具合だ。

おそらく根底には「自分をとり巻く世界（宇宙）が窮屈で仕方がない」という感覚があり、「宇宙の秩序に反抗する」というモチーフが生まれるのだろうが、ワン・アイデアを極限まで拡大し、それを古いSFの設定に落としこむところがベイリー短篇の真骨頂だ（これに対し長篇では、アイデアの乱れ打ち状態になる）。

じつは、この作風が災いして、ベイリーは長らく不遇をかこっていた。作家デビューは一九五四年だが、このときベイリーはまだ十六、七歳。しばらくは習作の時期がつづき、本格的な執筆活動は一九六二年にはじまった。

折しも、同じイギリスの作家J・G・バラードがSF誌〈ニュー・ワールズ〉同年五月号にエッセイ「内宇宙への道はどちらか？」を発表し、旧弊なSFの変革をめざす〈新しい波《ニュー・ウェーヴ》〉運動の狼煙《のろし》をあげた。そしてベイリーが主な活躍舞台とした同誌は、六四年に編集長に就任したマイクル・ムアコックの指揮のもと、急速に文芸色を深めて、ニュー・ウェーヴの牙城となっていく。それは従来のSFを否定し、前衛文学に近づく道だった。

ムアコックはベイリーの親友であり、その才能を認めていたので、ベイリーの作品は〈ニュー・ワールズ〉に載りつづけた。しかし、洗練の度合いを深めるその誌面に、パルプSFの生き残りのような作品は不似合いであり、一部の識者をのぞいて、読者も受けとめかねていた。したがって、ニュー・ウェーヴのスターたち、すなわちバラード、ブライアン・W・オールディス、トマス・M・ディッシュ、ジョン・スラデックらの陰に隠れて、その名はいっこうに目立たなかった。

風向きが変わったのは一九七〇年代のなかば。ニュー・ウェーヴ運動が行き詰まりを見せ、新しい道が模索されはじめた。このときイギリスでは、文学的完成度を犠牲にしてもSF的思弁を追求すべきだと主張するアイデア（奇想／観念）派と、文芸路線をさらに推し進め、SFは文学のなかに解体されるべきだと主張するスタイル（文体）派とのあいだで論争が起きた。前者を代表するのがイアン・ワトスン、後者を代表するのがクリストファー・プリーストで、ふたりとも売り出し中の新鋭だった。

この論争は、どちらかに軍配があがったわけではないが、アイデア派の先達としてベイリーの名前がクローズアップされる結果となった。ちなみに、「SF界のボルヘス」と名づけたのがワトスンである。

こうして評価を一気に高めたベイリーは、一九七八年に満を持して第一短篇集『シティ

5からの脱出』(ハヤカワ文庫SF)を上梓する。一九六五年から七八年にかけて発表された九篇をおさめた同書は、この時点でのベスト選集といえる内容だった。アイデア自体もさることながら、それを説明する疑似科学的・疑似哲学的な議論が面白く、ベイリーの魅力を堪能できる。

つづく一九七九年には、早くも第二短篇集 *The Seed of Evil* が出る。一九六二年から七四年にかけて発表された七篇に、書き下ろし六篇を加えたものだが、同書が思わぬトラブルを招いた。出版社が印税を支払わず、訴訟沙汰にまで発展したのだ。

これでミソをつけたのか、以後もベイリーは短篇を書きつづけたが、書籍の形にまとまることはなかった。もちろん背景には、シリーズもの重視、長篇主体というSF出版界の趨勢があるのだが、残念というほかない。やがてベイリーの作風も変わっていき、かつてのような奇想は影を潜め、地味な印象を強めていく。そして二〇〇八年、十六冊の長篇と約八十篇の短篇を遺して死去したのだった。

以上、ベイリーの短篇について概観した。つぎに本書の内容について触れておく。

最初に記したように、本書は日本オリジナルの短篇集である。一九六二年から九六年にかけて発表された十篇を集めており、このうち前記 *The Seed of Evil* との重複は五篇。同書の刊行後に発表された作品が三篇。つまり、後期の作品まで網羅した、世界に類を見ない傑作集だといえる。収録作のうち二篇は、本書のために新訳を起こしたことも付記しておこう。

このうち最初P・F・ウッズ名義で発表された作品が二篇（数え方によっては三篇）あるので、このペンネームについて記しておきたい。

駆け出し時代のベイリーは、イギリス随一のSF誌〈ニュー・ワールズ〉に投稿をくり返していたが、いちども採用されることはなかった。そのうち同誌の編集長ジョン・カーネルが、ベイリーを気の毒がっているという話が聞こえてきた。作家としては絶望的なので、どんな作品が来ても没にするしかないと考えているらしいのだ。そこでベイリーが友人の名前を借りて作品を送ったところ、以後はすべての作品が採用されたという。「しかし、じっさいはP・F・ウッズの小説のほうが、初期の作品より出来がよかったんだろう」と後年ベイリーは述懐している。

では、各篇について簡単に触れておこう。

「ゴッド・ガン」〝The God-Gun〟

訳者によれば「〝神を射殺できる銃があるとしたら〟という、典型的なベイリー流ワンアイデア・ストーリイ」。奇人科学者《マッド・サイエンティスト》は、ベイリーが好んで描く人物像だが、現代の科学者ではなく「十八世紀の自然哲学者」に近いというのが、ベイリーのよき理解者ムアコックの弁である。初出は第二短篇集 *The Seed of Evil* (1979) だが、おそらくは一九六〇年代に執筆されたものだろう。

ベイリー追悼特集を組んだ〈SFマガジン〉二〇〇九年五月に掲載されたときは「神《ゴッド》・銃《ガン》」という訳題だったが、本書収録に当たって改題された。

「大きな音」"The Big Sound"

これまた訳者の言葉を借りれば、「『宇宙でいちばん大きな音は？』という単純そのもののアイデアを文字どおり結晶化させた、ベイリーならではの逸品」。P・F・ウッズ名義で〈サイエンス・ファンタシー〉一九六二年二月号に発表された。ちなみに掲載誌は〈ニュー・ワールズ〉の姉妹誌で、前記カーネルが編集長を務めていた。

「地底潜艦〈インタースティス〉」"The Radius Riders"

独自の時空理論を冒険SFのプロットに載せた典型的ベイリー作品。閉塞感が強いのもベイリー作品の特徴だが、その意味でも典型だといえる。やはりカーネルが編集していた〈ニュー・ワールズ〉の姉妹誌〈サイエンス・フィクション・アドヴェンチャーズ〉一九六二年七月号にP・F・ウッズ名義で掲載された。短篇集 *The Seed of Evil* 収録作のひとつ。

　ところで「地底潜艦」は“subterrene vessel”を訳した筆者の造語。“submarine”を「潜水艦」と訳すように、「潜地艦」という訳語も考えたのだが、語呂が悪いので採用しなかった。「地底戦艦」ではないので、くれぐれもご注意のほどを。

「空間の海に帆をかける船」“The Ship that Sailed the Ocean of Space”

　ベイリーはP・F・ウッズ名義で〈サイエンス・フィクション・アドヴェンチャーズ〉一九六二年五月号に“Fishing Trip”という短篇を発表した。これを改稿したものが本篇で、マイクル・ムアコック編のアンソロジー *Best SF Stories from New Worlds 8* (1974) に収録された。ちなみに、この傑作選は全十篇のうち四篇がベイリーの作品（ほかは「地底潜艦〈インタースティス〉」、「大きな音」、“Double Time”）。ムアコックがいかにベイリーの才能を高く買っていたかの証左だろう。短篇集 *The Seed of Evil* 収録作のひとつ。伊藤典夫・浅倉久志編のアンソロジー『スペースマン』（一九八五／新潮文庫）に水鏡子訳で収録されたが、本書のために新訳を起こした。

「死の船」“Death Ship”

　ベイリーが作風を変え、「人間に興味が出てきた」といっていた時期の作品。ベイリー一流の架空理論の展開と、主人公のかかえる問題が無理なくからみ合い、重苦しいまでに

〝出口なし〟の状況を描きだしている。

初出はデイヴィッド・S・ガーネット編のオリジナル・アンソロジー*Zenith*(1989)。邦訳は〈SFマガジン〉一九九五年四月号に「彼岸への旅」の題名で掲載されたが、本書収録に当たって訳題をあらためた。

「災厄の船」"The Ship of Disaster"

一九六〇年代初頭、それまでストレートなSFにしか興味のなかったベイリーが、「異世界性のべつの様相――大雑把に〝ファンタシー〟と称されるジャンル」に親しむようになった。もっぱら親友ムアコックの影響である。当時「ムアコックは〝誇り高き廃墟の皇子〟、白子のエルリックの物語を書いており、わたしは〝無限を見つめる目〟をした、傲慢なエルフ族の自己嘲笑に近い描写を楽しんでいた。そのうち自分でもその種のものを書いてみたくなった」と本人が述べている。初出は〈ニュー・ワールズ〉一九六五年六月号。

ところで、ベイリーの記念すべき初邦訳は、意外なことに正統的なファンタシーであるこの短篇だった。日本版〈ニュー・ワールズ〉ともいうべき雑誌〈季刊NW―SF〉十四号(一九七八年八月)に大和田始訳で掲載されたのだが、このとき編集部が付した文章を引けば「イギリス作家らしい重厚な文体で展開される幻想的な観念性は独得のもので、SFの新しい傾向の一端を示しているといえるでしょう」となる。

本書のために新訳を起こした。

「ロモー博士の島」"The Island of Dr Romeau"

題名からおわかりのとおり、H・G・ウエルズの名作『モロー博士の島』（一八九六／創元SF文庫）へのオマージュ。主人公の名前は、同書の主人公プレンディックのもじり。ロモー博士の助手の名前は、ウエルズのファースト・ネームと同じである。

イギリスのSF誌〈インターゾーン〉一九九五年八月号に発表された。

「ブレイン・レース」"Sporting with the Chid"

短篇集 *The Seed of Evil* に書き下ろしで発表された作品。ふつう「ブレイン・レース」といえば、「知力の闘い」を意味するのだが、ここでは文字どおりの意味になっている。ベイリー独特の（ブラック）ユーモアが冴える。原題は訳しにくいが、「チドとの危険を伴う遊び」くらいの意味である。

「蟹は試してみなきゃいけない」"A Crab Must Try"

英米では賞に恵まれなかったベイリーだが、いちどだけ栄冠に輝いたことがある。〈インターゾーン〉一九九六年一月号に発表した本篇が、翌年の英国SF協会賞短篇部門を制したときだ。異星生物のライフサイクルを青春コメディ風に描いて、最後に哀感をただよわせる秀作であり、ベイリーの新境地といえる。
余談だが、蟹はベイリーのセルフ・イメージではないかと筆者はにらんでいる。「外は堅くて、なかは柔らかい」ところが、人づきあいの下手だった本人のイメージに重なるのだ。そう思ってベイリーの作品を見直せば、一生を堅い宇宙服のなかで過ごす胎児のような人間が、例外的に温かい筆致で描かれていることに気づくだろう。

「邪悪の種子」"The Seed of Evil"
不老不死の異星人（推定百万歳）と、その秘密を解き明かそうとする外科医の追跡劇を雄大なスケールで描き、SF版『放浪者メルモス』とも評される作品。ベイリーが十六、七歳のころから改稿を重ねたという力作である。ケネス・ブルマー編のオリジナル・アンソロジー *New Writings in SF 23* (1973) に発表され、第二短篇集の表題作となった。

以上十篇。ベイリーの多彩な魅力を満喫できるラインナップだと信じる。本書が呼び水となって、ベイリーの短篇が再評価されることを期待したい。
なお作者の経歴等については、『カエアンの聖衣〔新訳版〕』（一九七八／ハヤカワ文庫SF）、『時間衝突』（一九七三／創元SF文庫）といった訳書の解説などを参照されたい。

二〇一六年十月

〈訳者略歴〉
大森望　1961年生，京都大学文学部卒，翻訳家・書評家　訳書『カエアンの聖衣〔新訳版〕』ベイリー（早川書房刊）他多数
中村融　1960年生，中央大学法学部卒，英米文学翻訳家　訳書『宇宙への序曲〔新訳版〕』クラーク（早川書房刊）他多数

HM=Hayakawa Mystery
SF=Science Fiction
JA=Japanese Author
NV=Novel
NF=Nonfiction
FT=Fantasy

ゴッド・ガン

〈SF2104〉

二〇一六年十一月二十日　印刷
二〇一六年十一月二十五日　発行
（定価はカバーに表示してあります）

著　者　バリントン・J・ベイリー
訳　者　大《おお》森《もり》望《のぞみ》
　　　　中《なか》村《むら》融《とおる》
発行者　早川　浩
発行所　株式会社　早川書房
郵便番号　一〇一-〇〇四六
東京都千代田区神田多町二ノ二
電話　〇三-三二五二-三一一一（大代表）
振替　〇〇一六〇-三-四七七九九
http://www.hayakawa-online.co.jp

乱丁・落丁本は小社制作部宛お送り下さい。
送料小社負担にてお取りかえいたします。

印刷・中央精版印刷株式会社　製本・株式会社明光社
Printed and bound in Japan
ISBN978-4-15-012104-4 C0197

本書は活字が大きく読みやすい〈トールサイズ〉です。